LIZHIBANG

SHOUZHULANGMAN

守住浪漫

李治邦　著

天津社会科学院出版社

图书在版编目(CIP)数据

守住浪漫/李治邦著．—天津:天津社会科学院出版社,2014.4
(雅舍文丛/郭栋主编)
ISBN 978-7-5563-0002-0

Ⅰ.①守… Ⅱ.①李… Ⅲ.①散文集—中国—当代
Ⅳ.①I267

中国版本图书馆 CIP 数据核字(2014)第 069403 号

出 版 发 行:天津社会科学院出版社
出　版　人:钟会兵
地　　　址:天津市南开区迎水道 7 号
邮　　　编:300191
电话/传真:(022)23366354(总编室)
(022)23075303(发行科)
网　　　址:www.tass-tj.org.cn
印　　　刷:天津市汇鑫源印刷设计有限公司

开　　　本:710×1000 毫米　1/16
印　　　张:14.25
字　　　数:170 千字
版　　　次:2014 年 4 月第 1 版　2014 年 4 月第 1 次印刷
定　　　价:28.00 元

版权所有　翻印必究

YASHEWENCONG
雅舍文丛

序

好人治邦

高　为

“老同志”李治邦来了电话，命我为其新散文随笔集作序。我诚惶诚恐，不由得想起一个段子，不，是一件真事，朋友亲眼所见。

一位大艺术家完成了一本新书，随侍左右的弟子说：老师，我给这部著作写个序吧。艺术家勃然大怒：你是个什么东西？怎么配给我的书作序？痛詈之后，随手抄起一支价值不菲的派克金笔递给弟子：回去好好用功，争取有些长进。

由于知道这桩轶闻，所以我当时就对治邦兄说：你应当找位局长甚至市长给你作序，或者找位比你更著名的作家写几句，以壮声势。他说：不用不用，就找你。等我看过稿子再说。用不着用不着，你随便写。那文章题目就叫“好人治邦”？随你便。

话说到这份上了，不写不行了。不读作品就发言，那不成了名副其实的随便说——信口雌黄吗？我先把他的作品集《我所喜欢的美丽女人》找出来，读了一多半，再让出版社把治邦兄即将出版的散文随笔集电子版发给我，也读了大部分，加在一起，算读完了整本书还拐弯，心里这才踏实。

治邦兄是个公认的好人，为人敬业勤奋，有目共睹。几年前我曾写过一篇文章《日读一万与夜写三千》,有两段说的就是治邦兄,我偷个懒,直接移过来,稍作改动就是了。

治邦兄是个处级"冒号"——天津市群艺馆馆长、天津市非物质文化遗产中心主任,手下几十号人的衣食住行、吃喝拉撒都得操心,整天还要上工厂,下农村,跑机关,指导工作,指点创作,做汇报,听汇报,开会,上电视做嘉宾,举办活动当评委,等等等等,忙得不亦乐乎。哥们儿们不无夸张地说,他的朋友遍天下,走到哪都能碰到熟人。这种情况我就目睹了几次:大伙聚在一起正喝酒呢,忽然邻桌就有人同他打招呼,或他同邻桌的熟人寒暄。有一次我们去宁河县,吃饭时他照样遇到了熟人!他是真忙,与朋友们聚会,常常是没散席就去赶下一个饭局,被人戏称为"华威先生"。这么一位超级忙人,不管回家多晚,也要写够三千字!用另一位作家的话形容:嘴比手快,脑子比嘴快,说话像打机关枪。

治邦兄出了名的好脾气,没见他发过火,也没见他对朋友说过不字。一次朋友们去郊县玩,晚上就不回来了。因为第二天一早要带队参观,晚饭还没吃完,他不顾大家的一再挽留,自己打车又回了市里!可知他陪我们去郊县得下多大决心,即使这么忙,中短篇、长篇小说、散文随笔、电视剧剧本还是不断问世,已经出版长篇小说五部:《逃出孤独》、《城市猎人》、《红色浪漫》、《津门十八街》、《预审》;散文随笔小说集三部:《我所喜欢的美丽女人》、《我在上空飞翔》、《守住浪漫》。发表中篇小说100多部,短篇小说100多部。全部作品共计七八百万字。他并不是专业作家,而是职业领导,业余时间取得如此成绩,不能不说是奇迹。我想,这很大部分要归功于他夜写三千字的计划和恒心。

我一直拿治邦当兄长看待。他的长篇小说《城市猎人》,我是责编。他把我的名字安在了书中一位搞婚外情的次要人物身上,我打电话质问,他还振振有词:桂雨清、牛伯成都这么干,我们都当过书中人物，这也是给你扬名。我开玩笑：打住打住！要么你给我找个情人，要么你把人物的名字换了，我可不能担个虚名。结果是我没能借他的这部书扬名。

六年前，群艺馆举办一位业余作者散文集研讨会，治邦兄要我参加。我第六个发言，事先通读了全书，写了发言稿（书评）。我先肯定了作品清新的语言，饱满的诗情画意；然后对其中的两篇提出了不同看法。《圣地行》一篇，既无新材料，也无新视角；既无新观点，又无新语言，现在的文章与五十年前的有什么区别？不写也罢。《三峡颂》一篇，把三峡工程誉为20世纪最伟大的工程，结论下得太早了。这种赞誉由外国人发出不是更合适吗？作者耿耿于怀，散会后对我一个哥们儿说：他（指我）怎么能那么说呢，是什么意思呢？哥们儿把我骂了个狗血喷头：五十岁的人了，一点人情世故都不懂，怎么在世面上混？你说那些玩意儿干啥？那些玩意儿谁还不是心知肚明？只是人家都不说而已，就你聪明？治邦兄却不以为忤。

四年前，治邦兄请我出任天津市文化杯大奖赛评委，我受宠若惊，知道这是对我的照顾和提携，因为我是小编辑，另两位评委是评论家黄桂元、散文家石英。我认真看稿评稿，还写了评委感言《网络时代的阅读和写作》，并在颁奖大会上宣读，大概没使治邦兄太失望。

两年前，加拿大一位华裔作家来津访问，酒足饭饱后忽然雅兴大发，非让我找个地方，他要唱唱京剧过过瘾。听京剧看相声的茶馆天津倒有几家，就是不知道哪里有给票友过瘾的地方。于是就找治邦兄，他当时正开会，先后打了几个电话指示道路方向，到了地方才知道，是他四哥等票友活动的场所。我那位作者过了戏瘾，我也没丢面子，还得感谢治邦兄。

上周，一位朋友的文化传播公司开业，通过我请治邦兄参加。因为公司的业务就是传播古琴、昆曲等世界非物质文化遗产，属于治邦兄管辖的范围，治邦兄欣然前往，前排就座，并被请上台与其他嘉宾为公司开业揭牌，给开业仪式增色不少。因为还有一项活动要参加，治邦兄没吃饭就匆匆离去，走时对主办方说：高为是我兄弟，我肯定要来。他的话让我深深感动。

“老同志”“李馆”“治邦兄”，都是朋友们对治邦兄的称呼，他一一接受，毫无不爽的感觉。

在《散文浪花》中，治邦兄谈到了他的散文观：“散文其实就是真实地记录一种心境，讲述你真实的感受。”“我写散文时总是发憷，或者写完了以后也不敢说是散文，而说是随笔。”由上述话可以得出结论：他认为散文高于随笔。2005年他出版的作品集《我所喜欢的美丽女人》，分随笔部分和小说部分，没有散文部分。那时他可能认为自己写不好散文，也不敢把自己写的东西称为散文。

治邦兄所说的随笔，更多的是指论说文，英文的essay，如《培根论说文集》《蒙田随笔集》等。而他向往的散文，大概指的是写景、抒情、叙事的文章，英文的prose，如《普里什文散文集》《巴乌斯托夫斯基散文集》《兰姆散文集》等。

现在治邦兄把近几年写的东西称为散文随笔并结集出版，说明他找到了自信。本书收散文随笔七十多篇，记人、叙事、写景、抒情、说理，各臻其妙，如《天鹅泪》《还原历史的美人——对〈色戒〉的原型郑苹如烈士的补白》《鼓浪屿带给我的诗意》《夜宿镜泊湖》《永远都想听的王毓宝》等，可以说是其中的代表。读治邦兄的小说，我们看到的是一个才华横溢、想象力丰富、语言幽默流畅滔滔汩汩的作家；读他的散文随笔，我们感到的更多的是一位充满智慧、阅历丰富、稍嫌正经拘谨的贤者。散文随笔反映的真情实感，但未必都是真情实事。写“应有之情”，但未必“实有其事”。举例来说，如果你把自己的梦境写下来，你写的是真事呢，还是假事？写的是真情实感，同时又是虚幻之事。艺术真实毕竟有别于生活真实。画同一样事物，外行的写生亦步亦趋照猫画虎未必比里手的向壁虚构合理想象更像真的。不能以真假来判断艺术品的高下。

文学的本质是虚构，用老巴尔扎克的话说，就是“庄严的谎话”。写作态度真诚，未必就代表写作内容真实。像真的，而不必非得是真的。文学追求的是美与善。真，不是文学的目标，起码不是首要的目标。治邦兄的散文随笔写得可以再潇洒一些，再多一些闲笔或“废话”，而不必句句写实，散文随笔会更好看，心灵会得大自由。“长歌当哭”，但痛哭不能当歌。有时美的未必真，真的未必美。小说靠情节取胜，散文随笔靠语言感人。治邦兄的小说名篇《叫阵》，构思了令人窒息的冲突。散文随笔缺乏这种虚构的便利，就更应讲究谋篇布局，更讲究字斟句酌，以吸引打动读者，而不能一味地平铺直叙，看似无技巧，其实是大技巧，或者技巧已经融化在血液中，下笔就能体现而又毫无踪迹可寻。散文随笔可以无诗句，但必须有诗意，从这一点来说，散文随笔更接近诗，有戏剧性，有起伏，有激情，有故事，有典故，有知识，才好看。

十多年前，一群作家（包括治邦）、记者、编辑（也有在下）每两周定期聚会，轮流请客。大家无拘无束、无忧无虑、畅所欲言，随心所欲。那时，大家都是三四十岁，孩子还小，父母也不老，天空比现在蓝，雾霾比现在少，心情比现在好，大家还有激情，尽可以在外逍遥。治邦兄虽然不喝酒，但也能陪大家终席，很少提前退场，只要他一高兴，京韵大鼓《丑末寅初》是必唱的。一晃十多年过去了，作家、记者们功成名就，或光荣退休，只有我还是一无所成。多年前，还有上进要求，现在心境大变，“忍把浮名，换了浅斟低唱”。愿用浮名虚誉，换取当年朋友们单纯地开心相聚。不知治邦兄愿意不愿意舍得不舍得也这样做？

2014 年早春

自序

美的构图

李治邦

这是我出版的第三部散文随笔集，原想请几个文友给我写序，后来人家告诉我，还是你自己写吧。算了算，这几年我给文友们写了二十几个序，都是精心写的。现在到了我只能自己写了，因为人家真不好写。

我是写小说的，写散文随笔确不是强项，就好像你会吹唢呐，但未必吹得了竹笛或者葫芦丝。我写散文少，写随笔多。所以这么多地写，我是想补充自己的文化积存，修养自己的文化情怀。我很幸运，生长在一个蕴藏着丰厚文化传承的风水宝地，天津真是一个生我养我的家乡。我很多感触是来自于这里，然后在这里升华提炼。比如我喜欢孙犁，我觉得他的语言很美，三言两语就能创造出一个耐人寻味的意境；再有，就是冯景元、谢大光、黄桂元、高为、宋曙光等朋友的语言特色，能在景致里写出一种朴实无华的心境，写出历史人文的兴衰，折射出许多人生的道理和丰厚的情感世界。现在人们阅读散文随笔的视野宽了，就开始喜欢梁实秋和林语堂，他们是说人怎么活着，主要的感觉就是真实。我写散文随笔就是想传承这点。我一般用的就是一种直抒胸臆的文体，说起来，散文随笔绝对不同于小说，没有那么虚构，也没那么情节化和故事性；也不同于诗歌，没有那么夸张和讲究韵律，没有纵横上下对社会的呼唤。我就是想寄托什么，我喜欢伏案真实地记录自己的一种心境，讲述自己真实的感受。

从文四十年，写了几百篇的散文随笔，越来越有了体味，那就是不刻意。喜欢散文随笔的作者都是有情调的人，就好比喜欢诗歌的人都是有意境的人一样。我常年写小说，写着写着就有了一种世俗感，急功近利。我就用散文来锤炼自己的文字力量，用随笔来补充自己的文化视野，总之是需要沉淀自己思索自己。我写散文随笔，写了不少的景致，比如镜泊湖，比如鼓浪屿，比如都江堰，比如纳木错；也写了不少人物，比如马三立、王毓宝、骆玉笙、梁左和苏文茂等。写景色，写的都是我接触到人文景观的胸怀，能看出自己对生活对历史的热爱和钟情。对人物，是对这些人物的敬仰和学习。我写历史的变迁，描写景色的烟柳，对暮色和薄雾的抒怀，对水鸟和渔船的情愫，都是用写日记的方式记录自己的观察，寻找散文随笔的支撑点。

写散文随笔，能使我懂得在浩瀚的历史长河里，对生活变迁的一举一动，和自然一朝一夕的接触，品尝出什么是最珍贵的，最有价值的。我是想用散文唱出动人歌声，用随笔当作海河流水潺潺作响。

我可能是太喜欢散文随笔了，总想着在写作前应该洗洗手静静心，放上一首古典的音乐营造一下氛围。我对文友们说，写散文随笔也是锻炼你、熏陶你的一种方式，你浮躁了焦虑了，是不会写出好的散文随笔的。

2014 年元月

目　录

温馨家园

3　浪漫就是一种文化心境
5　母亲,不敢想却始终想的人
7　关于《红色浪漫》的补白
11　我们还用大脑思考吗?
13　我还能信任你吗?
15　文化的背后是信任
18　老鱼和小鱼的故事
20　创作《叛徒》的前前后后
22　千万不要自作多情
24　谎话与信任
26　你知道的永远不是真相
28　应该知道什么叫疼
31　能抬起头来吗?
33　非得这么快吗?
35　兄弟:树与湖
37　写作不是闹着玩的
——中篇小说《鬼使神差》创作谈

39 人有脸，树有皮
41 看你还怎么能骗我
43 我们能见好就收吗？

心灵漫游

47 回到拉萨
49 歌德被一堆商场包围着
51 我心中的圣湖
54 青海花儿
57 从钓鱼城看历史风云
59 鼓浪屿带给我的诗意
62 深秋的味道
66 渴望阳光
69 这种树是咋长的
71 夜宿镜泊湖
74 妈妈，开门
76 天鹅泪
78 昌都笔记
81 坚持了才能看到好风景

艺坛杂笔

85 相声不是那么简单
87 相声杂说
93 天津小剧场演出市场的前前后后
100 跟谁好就写谁
102 太平歌词依然有人爱听

105 如痴如醉的京韵大鼓
107 怎么喊起了"苍孙"
109 拉拉杂杂聊曲艺
112 邓丽君给我的难
114 另一只眼看舞蹈节
——写在天津市第五届舞蹈艺术节开幕之前
118 天之阔　舞之广
121 有一种力量在历练
——评天津广播连续剧《针尖上的较量》
123 还原历史的美人
——对《色戒》原型郑苹如烈士的补白

城市记忆

135 天津的年味儿在哪?
137 天津的大娘娘
139 说说天津的老玩意儿
141 不能遗失在天津
144 九号楼大院
147 走过老街平山道
149 让天津的"非遗"立在舞台上
152 想起上小学的事儿
154 借粮
157 再唱毕业歌
160 人在哪里读书?
163 享受读书的惬意
167 有的记忆永远不会忘记

169 错过了,就回不来

171 失眠是只纸老虎

174 我想起我的初恋

人物坐标

179 扛起骆派大旗的刘春爱

182 想起天津两位大师:马三立、骆玉笙

184 一丝不苟的曹元珠

187 点滴之处品苏式相声

190 永远都想听的王毓宝

193 想起梁左

195 想起大师兄陈骧龙

198 “灯下”给我们了什么?

——我的中国大戏院的朋友万里

200 郭文杰:杂家和作家的通体

202 写给张建云

204 储存情感

——梦里突然看见了高光地

206 我快乐的大哥

209 一到清明就想起娘

温馨家园

浪漫就是一种文化心境

过了五十五，肚子鼓一鼓。尽管我天天坚持打乒乓球，坚持少吃肉，坚持多走步，但还是不知不觉地就胖起来。以前觉得记忆力很强，自信看过的东西忘不了，但实践证明，到了这个岁数看过的，你想记的能记住，不想记的都忘光了。闺女大了，嫁给了别人就不愿意再回家了，于是房间里就显得空荡荡的。工作上一直在忙，好像一天要开几个会，然后不停地在处理事情。事后想想，也不知道都忙些什么。去年，有朋友号召我到内蒙古去看看，说那里的雨水很充足，草长得十分茂盛，还能骑马在没膝的草原上驰骋。我犹豫，推说太忙，其实我特别想骑马。朋友诱惑我，说，你不去遗憾终生。但实在是找不出时间，因为时间都排满了。原先搞创作是寻求事业，当生活的实际处处需要钱时，才知道稿费的含义。男人的骨架不能坍塌，心里的压力就越大。

那次去北京，几个外地战友聚会，便一起来到五棵松。我们在三十多年前，曾经在这里栽下了一棵棵的杨树，现在都很高很高，十分挺拔。大家围着杨树，然后辨认着是谁当年栽的。我找到一棵，记得那时，曾经和战友向往着今后的爱情。面对着熙熙攘攘的人群，我们战友之间觉得时间太快了，以至于都没了浪漫。大家议论，都是五十多岁人了，别说守住浪漫，就是寻找浪漫，浪漫也在我们忙碌之间溜掉了。有个贵州战友，现如今已经是把守重要一方的领导，他问我，咱们还有浪漫吗？我问，为什么没有？他摇摇头说，浪漫是年轻人的专利，我们浪漫就让人笑话了。有战友插话，说，你想浪漫，传出去就让你老不正经。我真奇怪，说，浪漫是一种意境，一种陶冶情操的休闲方式，怎么不正经了呢？一个北京战友直言不讳，浪漫不就是男人和女人的事情吗？孩子都结婚成家了，你还扯什么扯。

我回来后满脑子都是浪漫，我们怎么浪漫，找谁浪漫。想想，浪漫是不需要金钱的，也不非得是跳舞唱歌旅游或者是看电影。浪漫需要一种文化心境，需要彻底放松的状态。我家离一座很小的湖泊很近，虽然小，但毕竟清澈一片。我就利用傍晚去那里散步，领略附近那一泓清水的四季风光，看着夕阳西下染得湖水一片辉煌，把周围一片片高楼装点得气气派派。我故意走得很慢，咀嚼着美丽的时刻。那次，一高兴就和几个朋友去海河，顺着亲水平台溜达，累了就停停。再想放松，就到天津的海河畔小酒吧，随便喝点什么，或者深深吮着夜风，能看到月光在朦胧中眨动着，笼罩着，于是心就放慢了脚步。什么东西一慢了，味道就出来了。再高兴，就到天津意大利风情区的天堂电影院，无目的地看场电影，看什么不主要了，因为你身在一种风情中，电影的人物、意境在你身边睡着了，就剩下你和天堂的音乐在共舞。浪漫是需要刻意制造的，浪漫是需要文化积累的，你越有积累，你浪漫的享受就越强烈。有时候，我跑到茶馆去听曲艺。沏上一壶茶，混在观众里，听他们喝彩，听台上的三弦丁当作响。我爱听京韵大鼓，有时听上一曲骆派的名段《剑阁闻铃》，品味那委婉凄切的曲调，让你陶醉不止。

有人说到浪漫，就想到女人。其实浪漫的内涵很丰富，并不等于女人，但有了女人就有了浪漫。有了女人并不等于浪漫，而浪漫的女人会使浪漫更有色彩。有回，我去担当天津钻石新娘的评委，看着一个个摇曳着风情的女人们在延伸的舞台上走着韵味，走着斑斓，你和她的眼神碰撞，你为她们的嫣然一笑而心动。这时候，我觉得有了圣洁的浪漫。女人的风景就是浪漫，这是不分年龄的。

母亲，不敢想却始终想的人

我母亲去世二十三年了，也就是一晃的时间。

对于母亲我是不敢想，因为一想就难受很久才能抚平。可是经常看见外边有人在烧纸就自然想起，于是就在人家燃烧的纸团前久久伫立。我写母亲的文章和小说已经达到几十万字，特别是在长篇小说《红色浪漫》里，把我母亲当成主角去写，倾入了我对她老人家的全部感情。后来，北京一家影视公司买了这部书的版权，我竟然跟人家反复说，能不能让山东的演员王玉梅演我母亲。我这么固执，对方愕然地告诉我，王玉梅已经是高龄了，实在演不了从年轻到年老这么大跨度的戏了。我默默地看着他，只是回答，因为她长得太像我母亲了。

很多人都在写母亲，似乎母亲是一个永远不变的主题。前不久，我作为评委看全国的一个散文评奖，很多都在写母亲。看到让我感动的，就想起母亲。母亲对儿子最无私，她什么都可以给你。那年，母亲到部队去看我，带了三个煮熟的鸡蛋。我当时就吃了两个，本来母亲拿起来最后一个自己要吃的，看我狼吞虎咽的样子，就二话没说递给我。我竟然也不管母亲，津津有味地吃了第三个，还问母亲，您就带了三个吗？小时候我得了软骨病，需要吃鱼肝油。我实在不愿意吃，母亲让我吃就闹。后来，母亲就带头给我吃，而且吃得很香甜。我吃了一年的鱼肝油，母亲就陪着我吃了一年。当时，我不懂得是我得了软骨症，为什么让母亲陪着我吃。所以，母亲越是对儿子无私，往往儿子对母亲却是自私。我上小学，家里孩子多，我没有裤衩穿。上厕所，看同学穿裤衩，自己却光着屁股穿裤子觉得难堪。回家就跟母亲哭喊，觉得丢了面子。母亲把自己的裤衩给我穿，记得穿上以后很温暖，就是大了些。

我当时住在吴家窑大街九号楼，是一个干部大院。记得小时候，大家一起在院子里玩耍，捉迷藏、弹球。每到天黑的时候，母亲就站在阳台上喊着，老五，回家吃饭了。我还玩耍，母亲继续喊着，最后急了喊了一句，王八蛋的，快回家吃饭呀！我蹦蹦跳跳地回家吃饭了。母亲在九号楼大院是居委会主任，胳膊上戴着一个红袖章，总是吆五喝六的。她什么都敢管，也怪了，那时候她管了就管了，骂了就骂了，大家都夸李娘好。后来，我问母亲管这么多干什么？母亲神秘地告诉我，想别人多了就会长寿，想自己多了就会短命。其实母亲说了一个很简单的道理，那就是关心别人会使得自己很快乐。我闺女跟她母亲总是磕磕碰碰的，其实就是这么一个道理，她母亲管她，她觉得自己大了不用管。后来，我对闺女说起她奶奶这番话，闺女似乎明白了。她对我说，现在人与人之间的冷漠很可怕，对什么都无动于衷，甚至对自己都很吝啬，对人对自然对一切都冷漠了就等于是行尸走肉了。想想母亲这么管我就是疼爱我，等有一天没人这么疼爱我了，我就孤独了。

我羡慕跟我岁数一样的人还有父母在身边，真是幸福无比，因为你什么话都可以跟他们说。我朋友回家，跟母亲撒娇，母亲笑得满脸是花。我怕自己流泪，就躲得远远的。我真是嫉妒，也许是我记忆太好了，母亲去世这么多年，她老人家的音容笑貌都留在记忆里。记好的容易产生幸福，但是总记起也是一种惆怅。中午打完球，我回到办公室，看见雨还下着，默默地看着窗外竟然恍惚。人生如天气，一会儿是雨，一会儿是太阳，一会儿刮风，一会儿灿烂。在雨中能想很多有人生况味的事情，这时候，我就想起母亲，因为下雨后母亲总是在我身后喊：带着伞，冻死你没人管。现在没人这么喊我了，想到这一摸眼眶潮湿了。

关于《红色浪漫》的补白

长篇小说《红色浪漫》已经由新世界出版社出版了，据说卖得还不错。这部二十几万字的书记述了我的家庭从抗日战争至今六十多年的风雨历史，其中用了一半的笔墨描述了我爹和我娘的情感经历，渲染了两个人长达五十年的风风雨雨。这里浸透了上一辈人对感情的执著，表明了两个不能背叛：一个是对民族，一个是对婚姻。我又用了一半的篇幅倾诉了我和妻子盼盼以及几个女人的感情纠葛，阐述了现代社会男人与女人的身心背叛。

小说是虚构的，或者说是在真实的素材上加工而成。我常常在想象中整理自己的小说，然后在想象中构思着自己的作品。有痛苦，更有欢乐。创作使我幸福，使我对生命有了感受。而我在创作这部《红色浪漫》时使用了大量真实的生活故事，在选择自己真实生活的同时经历了心灵的历练。

我的父亲正如我小说里描述的那样，是一位说书艺人，在冀中一带很有影响。他所演唱的曲种木板大鼓已经被国家当作非物质文化遗产保护起来了，当地人曾经找我征集父亲的演唱作品。在抗日战争期间，父亲毅然决然地投身革命，利用说书艺人的身份进行地下工作。母亲是一个富家女儿，她就是在父亲说书的现场看中了他，她勇敢而巧妙地掩护我爹做地下工作，而在我爹被自己人出卖被捕后，我娘疯了般地进行营救。我爹被营救出来时已经奄奄一息，在所有人都觉得没希望的时候，竟然被我娘奇迹般地治好了，演绎了一段传奇故事。在解放战争期间，父亲在北京搞敌工，母亲让做买卖的舅舅和姨父协助父亲工作，为了父亲，母亲不顾危险、不顾自己地投入了一切。

父亲在解放战争结束后，成为天津的接收大员。他不像别人那样抛妻弃子，而是回老家把母亲和两位哥哥接到了城里。我敬佩父亲，但更敬佩母亲这样牢牢地把父亲拴在心里。父亲退休后陷入了极度的苦闷期。母亲的开导和全家人的温暖，使得父亲逐渐开朗起来。而这时候，母亲十分钟爱的大哥到上海出差，不幸脑溢血去世，全家人都瞒着母亲。可是我和四哥从上海奔丧回来，被细心的母亲发现，母亲后来从台阶上摔下来，经过几天几夜的抢救后，在父亲的怀抱里含泪与世长辞。全家人都以为父亲会悲恸欲绝，更何况母亲去世两年后我的三哥从上海出差回来也因为脑溢血在凌晨去世。我们以为父亲会因为这一次次打击而不再组织家庭，因为他承受的痛苦太多了。没料到风云突变，我爹怕孤单，把我一家人包括岳母接到了家里共同生活，不知不觉中与岳母发生了感情碰撞。父亲和岳母的结婚引起了全家的震动和社会的猜测，父亲全然不顾，与岳母快乐地生活着。可没几年，岳母患了腰椎管狭窄瘫痪在床，多年后去世。父亲开始变得沉默了，固执地要回老家看看，寻找他辉煌的过去。我出差去重庆，等我坐飞机赶回来，父亲拉着我和四哥的手去世了。

我之所以把真实的生活历程告诉读者，是想让读者从真实和构思中分辨出这部《红色浪漫》的时代背景以及我创作中的真实感受和情绪状态。我的这部《红色浪漫》写了整整两年，这么长时间的写作是我以前从来没有过的。写的时候，我常常趴在电脑前不能自持，父亲和母亲的影像浮现在眼帘，让我热泪盈眶。我也有痛苦得写不下去的时候，那就是工作太忙，回家很晚，看着等待我的电脑却没有力气再打开，毕竟已经过了天命之年。而创作的冲动和构想都在脑子里，于是我经常失眠。实在不行了,就半夜爬起来把脑子里的东西“挖”出来。写着写着就看到桌前的窗户发白,知道是天亮了。

前几年去欧洲出差,就把这部作品放下了,很久没写东西,在罗马的一家商店里看到了电脑,便情不自禁地扑过去兴奋地打了一会儿,打的什么后来不记得了,因为都是希腊文字。还有最大的痛苦莫过于在电脑中写了一万五千字,但因为操作失误而致使文件不复存在。那种痛苦简直就是痛不欲生,我会情不自禁地大声叫喊,以发泄丢失文件的痛苦,其实我是怕丢掉父亲和母亲以及岳母如何生活的那段历史。因为这些丢失了的文字永远都不可能再找回来了。等到我全部写完以后觉得脱了一身的皮。

文学是可以杜撰的,但你要是没有亲身经历过,永远不可能写出那种氛围。

大哥和三哥去世后,二哥和二嫂一家去了加拿大,在天津就剩下我和四哥了。有好几年没有给大哥和三哥扫墓了,就在这部《红色浪漫》出版前的清明节,我和四哥去了殡仪馆,看望了留守在那里的大哥和三哥。那天刮起了风,我和四哥祭奠完了以后,抱着两个哥哥的骨灰盒回到存放处,但两个哥哥的骨灰柜子怎么也打不开,打不开就意味着不能把骨灰盒重新放回去。我和四哥相互看了一眼,我感慨地说:“我们知道,大哥和三哥不愿意和我们分手。你们放心,我们一定经常看你们,我们还是亲兄弟。”说完,两个哥哥的骨灰柜子都能打开了。

告别的时候,我和四哥都流泪了,即便是一个在天堂,一个在人间,兄弟之间也要惦记着。想来兄弟和朋友之间没有贵贱,没有高低,没有先后,更没有名利场,有的只是浓浓的情意。

在这里,我想告诉大哥三哥,我会把这部《红色浪漫》放在你们面前,让我们共同回忆过去。

我写我的家庭,一晃有 70 年的历史。我知道不一定人人都想看、人人都想知道，因为这不是我写作的目的。但写作让我找到了回忆，这是最重要的。写作不是我生活的唯一，却是我生活的关键，也是我生活的享受。我写了我这辈人和父辈人的对比，写到我这一辈倒是虚构越来越多了。有时候我觉得我们的生活比较苍白，或者说我们自认为比较丰富。

母亲是 1989 年去世的，岳母是 1999 年去世的，父亲是 2000 年去世的。

我在这里遥祝他们在天堂里幸福，也等待着有一天和他们在那里团圆。我也谨以这部《红色浪漫》回报他们对我的爱。今年是我母亲去世二十周年，出版这部书也算是对生我养我的母亲的一种祭奠。

我们还用大脑思考吗?

我记得下围棋有个术语,叫做长考。

据说日本有个著名棋手长考达到16个小时,估计对手被他折磨晕菜了。常昊夺取应氏杯最关键的一役是跟崔哲瀚,这盘棋双方一直从早上激战到晚上8时,崔哲瀚和常昊各有三次和两次的长考,每一次长考都给对方带来麻烦,因为对方不知道对面这个棋手因为什么思考了这么久,然后会在哪里进攻得手。结果,常昊执白,以不计点取胜。常昊赛后感触地对记者说,这是他职业生涯中长考用时最多的一次。每一次长考都是痛苦的,但又必须需要去做,他把可能发生的棋盘形势都考虑到了,才能下这步棋。我们现在把学习都当成负担,好像不学习也没耽误工作。更为重要的是学习是在一个浅层次的基础上,浮皮潦草,其中的症结就是缺乏深入的思考。

前几年我去日本,在东京坐地铁。我的学生在东京已经快十年了,他对我说,你上了电梯一定靠左站着,给旁边跑上楼梯的人留空。我不解,后来上了电梯,果然看见都是上岁数的人站在左边,旁边年轻的人都在跑着上楼梯。我问他,为什么这么急匆匆的?学生说,没时间这么从容站着上电梯,都忙着工作。我再问他,那还有时间思考什么吗?学生闻听笑了半天,说,现在还思考什么,都忙着赚钱了。

我曾经为天津基层文艺骨干讲过文学创作课,每次讲完都做过调查:我们有多少时间留给了自己的思考?或者是学习后能不能思考片刻？下课后，我跟底下人聊天，他们说，每天忙着上班，下班回到家就是孩子，别说思考了，留给探望父母的时间都很少。我追问，上班就不思考了吗？回答更是简单，上班还思考什么，给你的活儿都是具体的，你就跟机器一样干就是了。

不久前，我跟做电视编导的闺女看电影《盗梦空间》。她看完以后赞不绝口，我问，好在哪里呀？闺女很专业地说，看的时候能让我思考，这么好的剧本是怎么创作出来的。换句话说，你不思考就领会不到这部电影的魅力。我对她这句话思考了一会，其实思考也是能给生活带来乐趣的。你思考到了，就能体味到更深层的东西。我们现在的大脑用于思考的时间越来越少，特别是文化，不会思考文化，或者用文化去思考。作为文化工作者不去思考文化这个层面，不去思考文化的理论，或者不知道多少现在的文化新概念，想必是很危险的。

思考是需要知识做积累的，文化的概念和内容以及形式也是需要反复酝酿的，是需要演练和推断。思考必须要聚精会神，全神贯注。我问过一个做企业的老板朋友，他说，现在能让我全神贯注很难了，总是惶惶的，精神很难集中。我接触的几个年轻文友，他们对我忐忑地说，能在几分钟想很多事情，大脑能一闪一闪地活动，很多的想法都产生了，但又都轻易地挥霍了。我也这样，同事说我一拍脑袋一个主意，会给人家造成错觉，就是即兴的判断或者是情绪化的决定。其实表象上就是缺乏思考，不爱用脑子想事。我真担心，有一天大脑就不用了，谁说什么就是什么了，还思考干什么呢！说到底，文化是需要思考的，这个思考全凭我们自己。

我还能信任你吗？

信任是什么，我觉得就是人与人之间的一条无形的绳子。这种绳子牵扯着互相的人前进，越过险滩，涉过危河，攀过悬崖。谁要是松了一下就可能掉队，或许就会断送自己。信任也会是一种温馨的呵护，一句承诺的话，兑现了一个真诚的结果。一个温暖的眼神，把你从绝望的心境中拯救回来。我看过一个母亲的心得，她说天天陪着刚几个月的闺女睡觉，倒不觉得辛苦，就是看着自己孩子熟睡是一种独特的享受。那天半夜，闺女突然睁眼醒来，让她始料不及。按常理闺女会哭，因为哭就是婴儿对母亲的呼唤。可是闺女睁开眼后，看到的是母亲那双呵护的眼睛，于是闺女笑了一下继续又睡了。这位母亲激动了好久，她说，这是闺女对她的信任，一种天然的信任，因为有母亲在旁边就可以安然睡去了。我读到母亲这句信任还不理解，婴儿能懂得什么，只不过是母亲的一种解释。后来细细想想，确实这样，而且这种信任是来自于心灵的沟通。

前不久，偶然看了一段美国电视节目，看得我心惊肉跳。弟兄两个人养了几条凶悍的狗熊，他们把狗熊从小养大，互相产生了很多信任。这种信任有情感的，也有物质的。就是每次和狗熊亲热嬉耍前，都要给它喂食。喂完了，狗熊吃饱喝足了，愿意让弟兄俩怎么玩都可以，甚至可以熊抱。那天来了不少人看弟兄俩怎么能跟狗熊嬉耍的，于是哥哥扛起摄像机准备拍照，弟弟过去跟狗熊亲热，勾肩搭背，嘻嘻哈哈。所有在场的人都看着紧张，因为这只熊确实很凶猛，野性十足。可弟弟在镜头面前坦然自若，看得出来与狗熊之间有了一种长期的信任，渐渐大家放松了，弟弟甚至招呼大家过来与狗熊一起玩耍。没想到，突然狗熊转身抱住了弟弟，随着弟弟恐怖的大喊呼救，哥哥和旁边人不顾一切地过去把弟弟从狗熊嘴里抢救出来。狗熊嘴被打开后呼哧呼哧喘着粗气，很是不情愿。哥哥发现弟弟的喉咙被狗熊咬了一个深深的洞，送进医院就停止呼吸了。后来，哥哥对大家讲，弟弟犯了一个大错误，就是没有给狗熊喂食，破坏了他们与狗熊之间建立的信任，狗熊就进行了报复。动物对人就是这么报复的，因为你不信任它了，或者说破坏了这个信任的链条。人类的信任不至于这么处理，有些人对信任不信任也不在乎，更多的是利益。有了利益，信任就成了面具，需要时戴上，不需要了就摘下来，还原面目。可即便是利益，也应该来自于信任。一个老乡卖板栗，在板栗最热卖的时候就等着一个老主户，等到最后也没来。大家笑话他傻，说，现在你的板栗过了黄金期，为了一个老主户至于吗。这个老乡说，这个主户买了我十几年的板栗，我就是信任他。后来这个老主户一直没有来，这个老乡就跑去寻找他。后来知道老主户出了车祸，老乡一直守护在他身边。老主户含着眼泪对老乡说，你把板栗都给我吧，我不能让你受损失。老乡摇头，说，板栗过期不能要了，我来这不是为了卖板栗的，是看你来的。

前年，我应邀给南方一家出版社出版我的散文集。合同也签了，书稿也给了。说好 8 个月后书就出来，我期待着，因为这个散文集是我精心挑选的，这就跟母亲等待自己婴儿出生的心情一样。还没到 8 个月，出版社说因为什么推迟了，半年后一定出来。我又等，出版社信誓旦旦。半年后还是没见到，我主动催问，出版社说出现点问题，但不会很久，你要信任我们会在半年后兑现诺言。现在快两年了，我依旧没有看到，我给他们发去一个邮件，只写了一句话：我还能信任你吗?!

文化的背后是信任

文化的背后究竟是什么，是视野，还是知识的积累，还是中华民族文化的基石，或者还有别的什么。当我们进入现代社会，孔子被打入冷宫一百多年后，现在孔子遇到第二春。有关孔子的电影和电视剧和书籍相继露面，各地举办的祭孔活动风起云涌。想起来，最为壮观的是北京的奥运会，当时，季羡林对张艺谋建议，把孔子抬出来，因为他是中国传统文化最为典型的代表，当今世界不太平，到处都是你争我夺。而中国向来是一个追求和平与和谐的国家，奥运会正是展示我们国家和民族伟大形象的机遇。当然，与其说是张艺谋采纳了，不如说是中国采纳了季羡林的建议。开幕式上辉煌的一笔，不仅震撼着世界，也给国人带来了一次精神洗礼。由此可说，文化的背后应该寄托着一种和谐，那么和谐的背后又是什么，我觉得应该是信任。

信任是什么，我觉得就是人与人之间的一条无形的绳子。这种绳子牵扯着互相的人，共同前进，共同越过险滩，涉过危河，攀过悬崖。谁要是松了一下就有可能掉队，或许就会断送自己。信任也会是一种温馨的呵护，一句承诺的话，兑现了一个真诚的结果。一个温暖的眼神，把你从绝望的心境中拯救回来。

只有信任了才能和谐，和谐了民族才能安定，安定了才能发展。这就是一种文化的相关链条，缺少一环都不能连接下去。我认识一个律师，他曾经为某一方辩护胜诉了。后来败诉的那一方因为某一个生意产生了官司就主动找到他。我这个律师朋友很诧异，对曾经的败诉者问道，你怎么会找到我呢，我曾经给你的对手辩护，而且你彻底输了。败诉者说，我们讨论了半天，觉得你值得信任，你说的每件事都有根有据，没有夸大。我和律师朋友谈话经常在办公室里，我们面对面坐着，他总是微笑着和我对话，从不讲他的律师生活，挣了多少钱，或者打赢了什么案子。他总是关注着民族的历史观、价值观。我说，你总跟我说这些虚的有什么用，你说说你自己。他笑了，说，这不是虚的，这很实际，因为判断一个事情的真伪是需要文化的，这个文化就是信任，你信任不信任对方。我问，那用什么才能判断出来呢？律师朋友说，那就是心灵的沟通，你能触摸到心灵的一种真诚。这个触摸来自于你的心底平和无欲，来自于你的不急功近利。

前几天，一个同事接到一个短信，内容是你中了大奖，奖金 20 万现金，并且提供了联系电话等，同事没有理会。现在这事多了，都知道是骗局。过了一阵同事的手机响了，一个南方小姐问他，先生你收到中奖通知了吗？同事说，收到了。小姐又说，请把你的银行卡账户告诉我们，我们把奖金汇进你的卡里。同事根本不信，但一想给你个账号，看你玩的什么把戏。同事在工商银行有个熟人，于是就给他一个工行一卡通的账号。十分钟后，同事的手机又响了，南方小姐说，你的奖金已经存进你的账户里了，请你查询一下。同事用电话银行查询，果然进了 20 万。同事高兴极了，这不就是白捡的 20 万吗？马上有人告诉他天上不会掉馅饼，同事不以为然，说，钱已经在我账户上了，那就是我的。30 分钟后，南方小姐来电话，带着哭腔对这个同事说，对不起，由于我的疏忽忘了抵扣奖金的个人所得税了，20 万的 20% 也就是 4 万元，现在公司让我个人赔偿，请您把 4 万所得税汇回来好吗，求求你了。同事一想也有理，也有可怜小姐之心，一想卡里还有 20 万呢，于是就到工行去汇款。忽然他想到工行的哥们，就找到在工行的熟人帮忙查一下，工行的熟人一查，此款是用其他行的“支票”汇过来的，虽然钱到账，但当天入不了账，也就是说 20 万今天取不出来，如果对方今天撤票，20 万就没了。工行朋友这么一说，这个同事一听吓得脸色煞白直吐舌头，差一点 4 万就没了。果然，下班前那笔汇票撤销了。如果没有银行的朋友，如果不是专业人士，这个骗局一定会成功。想想，这个同事动了心，信任缺乏了真诚，抽掉了互相的心灵碰撞就成了彻头彻尾的骗局。

和谐不是妥协，信任不是欺骗。和谐不是总付出，信任也不是总给予，这都是来自于互相的支撑。和谐是能让人有激情，信任也是能产生出感情，这两者加在一起就有了有一种生活向往的冲动，有了维护自尊的本能。据说，一个新生考进了北京大学，拎着行李在北大校园里来回转。在一个十字路口，他碰到了一个穿着很简单的老者，就上前对老者说，您能不能先给我看着行李，我去找学校的接待处。老者和蔼地对他说，那你去吧，我给你看着。学生头也不回地就走了，一个多时辰过去了，学生满头大汗地跑回来，高兴地对老者说，终于找到了，太谢谢您了。说完，学生给老者深深鞠躬，然后拎着行李高高兴兴地走了。没走多远，有一个老师从后面跑过来对学生说，你知道刚才给你看行李的老者是谁呀？学生摇头，老师说，他就是季羡林啊。学生满脸通红地又拎着行李跑回去，对季羡林一再道歉。季羡林咂着牙花说，我应该感谢你呀，你也不问青红皂白就把所有的家当给了我，这么信任我，我还不给你好好守着。对我说这个故事的人是我的朋友，天津著名书法家陈骧龙，前不久因患癌症去世了，他与癌症斗争了整整 3 年。他生前曾经对我幽默地说，本来我早就应该死了，只是大家都这么信任我，我总得再多活几年对得起大家才是！

老鱼和小鱼的故事

我这几年十分关注天津的高考作文题，今年出来的老鱼和小鱼之间的故事，让我产生了极大的兴趣。我问过几个考生，他们的回答都觉得不好写，或者说不知道怎么写好。因为在作文题的后边有一句提示，说是有些常见而又不可或缺的东西，恰恰最容易被我们忽视；有些看似简单的事情，却能够引起我们深入的思考……这句话吓着考生了，什么能做到深入的思考呢。

老鱼问小鱼，孩子们，水怎么样？两条小鱼一怔，再往前游的时候，其中的一条小鱼问另一条小鱼，水到底是什么东西？其实老鱼问小鱼这句话很正常，水怎么样？这就跟我们见面问你吃了吗一个道理，因为这就是最朴素的问候，民以食为天嘛。问题出在这两条小鱼身上，水到底是什么东西呢？这句话设计得很精彩，小鱼就在水里，可没人告诉它们天天在水里。那么，为什么没人告诉它们在水里呢？我听到过这么一个故事，一所重点学校的学生大都是父母开车送上学。其中有一个同学是父亲骑着自行车送他，他每天在父亲的自行车上听父亲给他唱曲艺。一年下来，他学会了《剑阁闻铃》、《丑末寅初》。后来，学校开文艺联欢会，他登台演出获得满堂彩，同学们羡慕不已。有的同学回家责难父亲，人家怎么能会唱？父亲微笑地回答，开车的都不会唱京韵大鼓，只有骑自行车的会唱。这个同学不解，父亲也不再做解释。同学问老师，老师很含蓄地回答，开车的都是有钱人或者有权人，骑自行车的都是普通的人。这个同学还是不明白,因为骑自行车的那位父亲也是个领导,他就是不爱开车,天天骑车上下班。

这几年卡拉OK很盛行,不少领导爱到那里吼几嗓子,当然有吼得好的。我就看见有的领导演唱水平很专业,一不留神以为是专业演员在唱呢。有一个单位领导唱得不怎么样,还总爱去唱。单位的人都知道他唱得不好,可每次他唱大家都热烈鼓掌。开始这个领导觉得自己不怎么样,大家是捧他的场。后来他开始刻苦练习,自认为有了长进。再唱,大家都夸奖领导进步神速,他还是半信半疑。再后来他请了专业演员教他唱,他没问单位的人,而是他的朋友,大家也说他真不错了。于是,他开始认为自己真的能公开唱了。有次,在全区的比赛中主动献歌,只有单位的人给他鼓掌。他下来后碰到一个他的领导,领导严肃地说,你那破嗓子能把孩子吓尿裤子,没人提醒你呀!后来,这个领导对他老婆抱怨说,这么多人为什么不提醒我一句,至于让我献丑吗?他老婆直言,谁都知道你唱不好,你也知道,可你就是不知道为什么人家不告诉你唱得不好。

真是这样,谁都知道的事情,谁都看出来的问题,谁都不说。可怕的是久而久之,谁都习以为常,就都没知觉了,谁都不知道了。

老鱼和小鱼的故事能引出很多话题,当然答案有很多种。

创作《叛徒》的前前后后

我写我父亲和我娘的小说不少了，我最下工夫的是长篇小说《红色浪漫》。从我父亲和我母亲结婚开始写，一直写到了他们的相继离世。那部长篇小说，我整整写了3年，写完了以后人好像脱了一层皮，魂都跟着我父亲和我娘飞到了天空。后来，我暗自决定，不再写我父亲和我娘了，再写我就要疯了。

我之所以这么描写我父亲和我娘，是因为我太热爱两位老人了。在《叛徒》这部中篇小说里，记录了我父亲和我娘很多真实的故事。比如我父亲受伤回到村里，就是被他的师兄弟柱子出卖抓进了炮楼，被柱子和日本鬼子几乎活活打死。岗楼上人抬着我父亲回到村里，我父亲已经奄奄一息，确实是我娘把我父亲救活的。这段故事，我分别听我父亲和我娘讲过，虽然色彩不一样，但内容都是吻合的。后来，我父亲带着我娘去了北平进行地下工作，就住在了我小姨家，地址正如我在小说里写的崇外大街下堂子胡同甲一号。我父亲利用我小姨夫的铺面做绸缎生意，然后从事地下工作。我父亲的师兄弟柱子也去了北平，但没有我描写的那么惊心动魄。我听我父亲说过，曾经要把柱子枪决，后来打了几枪都没打死。结果，柱子是解放后被政府镇压了。这段故事我憋了许久，主要是找不到一种感觉，就是对柱子为什么出卖我父亲的不理解。搁置了好几年，我在《红色浪漫》里也没有解决。叛徒，不是那么简单地就出卖了自己灵魂，一定有很多的背后故事，以及复杂的心理。

在抗日战争期间，这么多汉奸出现是一种什么行为，他们知道不知道自己将来的下场，知道了又为什么去背叛自己的民族。简单地解释为了生存是不能说明问题的，这有一种民族气节，还有一种中国人长期存在着好死不如赖活着的逻辑。我把柱子写得比较复杂，他是汉奸，更是一种具有狭隘心理的男人，占有欲和报复心极为强烈，是我的就必须我得到，我得不到的也必须毁灭。这就有了柱子对我娘的一种感情潜伏，恶狠狠地暴露出来，然后去撕毁。

我写小说，是先写开始，一边构思一边想结尾。可我这部《叛徒》是早就想好了这个结尾。这个结尾是我想象的，因为我父亲告诉我柱子被镇压了，他都没看见这个场面。我当时跟我父亲说过我的构思，我父亲笑了，说，那是你瞎编的。我父亲生前就知道我在写他和我娘，就跟我说过，你小姨夫是个好人，没有他就没有我今天。小姨夫在解放后才知道我父亲是共产党，当时就吓尿裤子，因为他当我父亲面骂过共产党。可小姨夫给我父亲和我娘地下工作时做了很多贡献，他只知道我父亲做买卖，真不知道是搞地下工作的。我问过我娘，你就没有告诉小姨和小姨夫我父亲是地下党？我娘说，告诉过你小姨，但我让你小姨不要告诉小姨夫，你小姨做到了。我真佩服，那时小姨就能做到面对着自己丈夫不说出来。

写完了《叛徒》，我就面对着我父亲和我娘的遗像鞠躬，说，不再写你们。但我知道这是瞎话，我有了迷惘，有了失落，有了孤独，我就会写我父亲和我娘，因为两个老人是我的精神支持，伴随着我永远的生活，永远的创作。

感谢《天津日报·文艺周刊》的宋曙光编辑，把我这部作品重新分割，演绎成了二十三章以飨读者。

千万不要自作多情

父亲在临去世前跟我聊了不少人生哲理，尽管他没有多少文化，只是作为进城军官干部去市干校学了一年，读报纸都磕磕巴巴的。父亲对我说过这么一句话，那就是一个男人别总是自作多情，以为你怎么样了，女人都喜欢你，领导也稀罕你。我问父亲，男人自作多情的后果是什么，父亲笑了笑说，自己的脸砸了自己的脚后跟。父亲去世十年了，我突然想起了这句话，检查自己有没有自作多情的时候，查了半天没有。后来我问四哥，四哥说，你查了半天觉得没有，那就是自作多情了。因为经常上电视做节目，我这张脸就被人熟悉起来。这时候觉得老百姓都认识你了，有次坐出租车，司机总是看我，问我在哪好像看见过我。我矜持地说，你可能是在电视上。司机摇头，说，我从来不看电视。我就不说话了，快下车时司机想起来了，说，你可能是我小学同学，你是不是平山道小学的。我涨红了脸，想起了父亲那句不要自作多情的话。有一次在一个县里做讲座，讲完了跟大家一起聊天，几个妇女围过来问我，李老师，你怎么长得那么年轻啊，多大了？我得意地问，你们看呢？其中有一个妇女看了看我说，六十岁了吧。当场我差点儿晕过去，尴尬地走了。

男人千万不要自作多情，喜欢你的女人能从眼睛里看出来，不会从她嘴里说出来。我一个学生因为画画好，总有女孩子围着他。有一次，一个他特别喜欢的女孩子看完他的画激动地抱了抱他，他得意忘形，对我说，一个女孩子抱了你，那说明什么？我说，那什么也不说明，就是一时的热情，因为我看出那女孩子很漂亮，我这个学生根本不是人家所想的。学生不听我的，那天他突然抱住了人家，人家很是冷淡，学生不理解，问，你怎么对我忽冷忽热的？那女孩子纳闷地问，怎么忽冷忽热的？学生不讲理了，说，上次你抱住了我，那不是说喜欢我吗？女孩子笑了，说，抱过、亲过也不代表什么呀，你不是我喜欢的类型。学生很是苦恼，我说，你那是剃头挑子一头热，自作多情了。

一个青年女作家在一次旅行中结识一位大叔，比她大十五六岁。途中，大叔对青年女作家十分殷勤，总找话题与她聊天。后来，这位大叔突然约青年女作家吃饭，吃着吃着就说起了自己丧偶，说起自己择偶的标准，当然都是按照青年女作家量身定做。青年女作家这时才明白这位大叔的意图，当然婉转而坚决地回绝了，弄得大叔黯然神伤。关键是这位大叔最后还在追问，你是不是怕家里不同意，因为年龄差异心里有压力？你说，青年女作家还能说什么，只得逃走。事后，这位青年女作家跟我说了一句话，五十多岁的男人总不甘心自己在情场上谢幕，把与自己同龄人甚至比自己小好几岁的女人，统统称为老女人。仿佛自己吃了唐僧肉可以长生不老，对自己魅力的估计与事实有很大偏差。面对青年女作家这番话，我不住地汗颜和检讨。

几年前到外地出差，跟一个战友聚会。听这个战友滔滔不绝一番，觉得他明天就能提拔了。于是我就替他高兴，等着他传来喜讯。转年这个战友来天津，我们聊天时发现他依旧神采飞扬，好像提拔的事情已经落实，就等着他走马上任了。结果，泥牛入海无消息。凑巧我碰到这个战友的上司，也是我的战友。我问起这个战友提拔的事情，他的上司挥了挥手，说他自我感觉太好了，是议论过他，但就是因为他到处说自己能提拔被我们放弃了。去年再见到这个战友，我看他还是信誓旦旦，只得告诉他，你得客观看自己，别自作多情了。

谎话与信任

前几年，有一个外地来的文学爱好者找我。从谈文学起到后来他做生意，我就是他的一个挡箭牌。说起来，他生活状态比较惨，带着老婆孩子给人家打工。我实在怜悯就推荐了我另一个有企业的朋友收留他。这个外地文学爱好者慢慢地做起来，开始折腾生意，在一个家具中心租用场地，然后引进他的朋友。结果有一家河北省制造安全门的老板找到他，我就成了中间人，人家觉得我是个作家，也算是个小领导，很快信任我。我告诫这个外地文学爱好者，一定给人家把事情办好。没想到出了差错，不知道这个文学爱好者怎么跟人家说的，就是收了钱不给人家办事。后来，这个老板就总找我，直截了当地说我骗了他。每次我都很气愤地跟这个文学爱好者说，你究竟说了什么谎话，让人家以为我是个骗子。后来，不知道这个文学爱好者怎么说的谎言，老板含泪走了，赔了不少钱。我开始远离这个文学爱好者，可他始终跟随着你，说你的好话，让你在好话中慢慢地陶醉。没多久，他开始把自己家乡的领导找来，当然我作陪，主要是给领导孩子办入学。我清醒了，问他，你能办得了吗？可他很是自信，自信得连我都认为他能行。没多久，他家乡的领导给我打电话，说，我孩子可是把别的学校都辞退了，就等着他办了。我怀疑了找到他，说，你要是坑了人家，那就是罪过了。他不让我管，说，谁谁帮助他办没问题。一晃两三年过去了，我再也没有他的消息。后来我听说他收了家乡领导的钱，然后就泥牛入海无消息了。我一直在回忆，觉得他说话的语气很诚恳，真不像骗你，特别是他那双干净的眼睛。

无独有偶，前不久我在青岛的报纸上看到一个消息，说一个很秀气的女孩子在网络上认识一个喜欢的男友，其实这是个老套子。可偏偏这个老套子有了新内容，那就是这个男友跑到青岛跟她同居，说要娶她。当然，这还是老套子。这个女孩子一开始不相信，后来就逐步信任了他。觉得他骗她什么呢，房子是两个人共同租用的，男友也给她钱花，而且很大方。半年后，这个男友开始花她的钱，说自己的事业受到挫折，说得女孩子一把鼻涕一把泪。女孩子觉得男友肯定是真的，因为她看见男友的眼泪是含在眼眶里，一滴一滴地朝下掉，这是专业演员也难做到的。后来，这个老套子故事陡地变化了，那就是女孩子怀孕了，并告诉了他。男友欢喜如狂，带着女孩子回家去见爹娘。下了火车，女孩子找不到男友了，不相信是跑了，就打男友的手机，已经是空号，到后来知道男友的名字也是假的。女孩子告诉民警，我不为了别的，我就是想知道他到底叫什么名字。

谎话成了垃圾，扔得哪都是，可信任也被谎话阉割了。我一个朋友给他喜欢的女孩子买了一条好看的项链，说是两千多。他在约会中给了女孩子，女孩子戴上以后说了一句话，我曾经在柜台上看见过这个，当时没舍得买。几天后，这个女孩子听朋友说，见到过另一个女孩子也戴着跟她相同的项链。女孩子当时就气蒙了，她知道这个女孩子跟男友也认识，肯定是同时送了两家。她愤怒地把项链从窗户扔了出去，任凭男友怎么跟她解释也无动于衷。男友悲哀极了，他说，这就是一个巧合，你怎么不信任我呢。朋友对我说，我说什么她能信任我呢。我回答，难了，你必须用千倍的真实来换取她对你的信任，估计你们没戏了。

你知道的永远不是真相

我曾经发表过一篇小说，题目是《你知道的永远不是真相》，后来在发表时编辑改成了《真相》。我在天津群众艺术馆工作，其实距离真正的官场比较远。但这十几年中，陆续发表了三十几部官场题材的小说，人物涉及到了市委书记、市长等方方面面的领导阶层。有人问我，你有这方面的生活吗？我说，可能是我当馆长，经常接触这些人物，就有了近水楼台先得月的方便。他们都是活生生的人，也有七情六欲，也有普通人都遇到的问题。那么官场小说的核心就是一个真相问题，就是人物的内心世界究竟是什么。在官场上敏感的问题就是提拔，为什么提拔他了，而把大家都认为不错的人放置一旁。或者说，每一个提拔人的背后是什么，是谁替他在会上说话，这个人为什么要替他说话。再有，这个人在会上说话了就能提拔吗，获得会上大多数人的肯定，需要什么才能达到。

我写的这个人物其实跟我很近，也就是说一些朋友就遇到这样的问题。本来不应该提拔的突然提拔了，提拔后就遇到各种猜测。大家的猜测导致工作的被动，因为你没有什么背景怎么就提拔了呢。我一个朋友愤愤不平，他说，非得有背景才能提拔吗，既然是人才就应该得到提拔。马上有人就反对他，说，是人才就能提拔吗。记得提拔我当馆长时，有人告诉我，是谁谁在会上说了你，说你是人才，尽管不太像个当官的，但提他能发挥出他的人才作用。后来这个谁谁退休了，我到他家看望，问起这个传说。他哈哈笑了，说，没有，这都是传说，至于怎么回事不能说，这就是组织原则。我很想知道真相，但我无法获得。我才知道我知道的不是真相，那么很多别人类似的传说也不见得是真的。很多人利用传说获利，封官许愿的未必是给你说话的，真为你说话的你可能永远不知道。我的一个老上级是组织部干部处出身，他说，我曾经为提拔人说了不少好话，因为我觉得应该让这样的人上来。可我从来都不能说是我做的，可我经常听到的是我说了不少坏话，气得我想骂街都找不到对手。

我写的这个《真相》，就是表达我一个理念，提拔就是挖一口井，很深，但你很难找到泉眼。文学是什么，就是给人以想象的。我写《真相》，就是让读者去思考，去找官场上这扑朔迷离的感觉。社会上缺乏的是人与人的信任，官场上缺乏的也是真诚和公正。

其实写官场小说很难，因为你要写出一种深度，也要营造出一种让读者可信的环境和故事。我写这个规划局的故事，起码要让读者感到真实，真实了就能把读者的联想带出来。可真实的东西是很难勾勒出来的，你必须了解，你要把信手拈来的素材动情动魄地糅合进去。

应该知道什么叫疼

那还是去年的事情，在网上无意中发现了一种病，应该说患者并不多，这种病被命名为先天性无痛无汗症，也可以叫做骨髓空洞症。也就是说患者的脑脊液滞留在骨髓中，造成了空洞，于是对疼痛就没有了感觉。这种病发生在孩子身上比较多，很多时候都是家长无意识发现了孩子不知道什么是疼。

我把这种病说给朋友们听，朋友们说，这不是挺好的吗，不知道疼是件挺享受的事情。后来我琢磨，不知道疼真是很可怕，这就是等于你吃饭吃不出香味，品不出苦辣酸甜。我动了心思，就写了一部中篇小说《其实很疼》，写了一对夫妇生了一个可爱的男孩子，孩子7岁的时候得了这种不知道疼的病，因为孩子发高烧没有知觉，还在开心地玩游戏机。父母送到急诊室，护士用体温计一量，水银柱已经升至最高。医生敏感地问，孩子以前喊过疼吗？父母说，孩子从生下来就不出汗，也不知疼痛，不怕冷热。医生又重新认真检查了一下，在孩子身上多放几袋冰块，看他体温下降后的反应，懂不懂得冷。如果知道冷了，对于他的病就有解释了。没有几分钟，父母看到儿子皮肤被冰得发紫。医生俯身问孩子，你觉得冷吗？孩子摇头，说，我没有感觉，跟平常一样。又过了半小时，父母看着冰块把儿子冰得青一块紫一块，心疼地问，你究竟怎么样啊？儿子看着旁边抽泣的父母小声地说，我真没有感觉，挺好的。医生点头，问父母，孩子有没有自我伤害的行为，就是常常咬破手指，用头撞墙，直至血流如注才停止。父母想了想说，没有。医生说，这就好，但应该对孩子加强保护，因为他不知道什么是疼，很有可能就会出问题。比如这次发烧，如果发现不及时就有可能出危险。父母哭了，哭得很伤心，抓住医生的手摇晃着，你要把我儿子治好，花多少钱都行。这一段的描写是我根据网上看到的病情介绍虚构的，结果孩子动手术好了，父母看到儿子知道了疼后离婚了，因为本想离婚，因为儿子不知道疼拖延了。离婚后，儿子愤怒地喊着，我知道疼了，你们却离婚了，那我还不如不知道疼呢！

真没想到的是，小说发表后不久，从山西太原给我打来一个电话，是一个女士焦急的声音，问我是不是李治邦？我说，是。女士在电话那端抽泣着话不成声，说，我儿子得了你说的这种不知道疼的病，跟你说的一模一样。发高烧了我们不知道，都快要烧死了才发现不对头，送到医院抢救过来了。我们找了很多医院都治不好，你能告诉我，你说的孩子动手术治好了是在哪家医院吗？我怔住了，说，那家动手术的医院是我虚构的，不是真的。女士依旧不死心，说，你一定知道动手术能治好，要不你怎么能写出来呢？我想了想，确实在网上看到过动手术治好的病例，但是这个病例就是在眼前一晃，究竟在哪就不记得了。我答应女士在网上再找找，有消息一定告诉她。女士小声地说，我求求你了，我一定要让我儿子知道什么是疼，要不然他这一辈就完了。我放下电话就开始在网上寻找，但再也找不到我曾经看到那个动手术成功的病例。没几天，女士的电话又打过来，忐忑地问，找到了吗，我看着儿子不知道疼，我的心疼啊。我不忍心告诉她没找到，而是说继续找。那边女士说了一句话，知道疼是多么好的一件事情啊，因为疼了才有感觉，才能判断生活，才能活下去。

这几天我一直在网上寻找，尽管没有结果。有朋友劝我说，你告诉人家找不到算了，你这样瞒着也不是件事情。我不是说朋友劝我不好，可我看朋友的表情很麻木。于是我就想起了很多事情,大家看到了都扭头装作看不到,比如别人东西被抢劫了扭头,有人被车撞倒在地上扭头,比如更多的违反道德的事情,神经线上没有什么反应。其实这就跟骨髓空洞症一样,不知道疼,久而久之就成了麻木不仁。想一想,如果对什么都没有感觉了,没有激情和冲动了,没有原则和勇气了,真是一件可怕的事情,那活着还有什么意思呢?

我还在给那位女士找,我很想让她的儿子知道什么是疼。

能抬起头来吗？

前不久，跟朋友一家吃饭，他的外孙子9岁了，上小学二年级。整个吃饭用了两个小时，他的外孙子就一直低头玩手机里的游戏，怎么叫都无济于事。后来，我的朋友恼怒地喊了一声，你能不能抬起头来。他的外孙子迅速抬了一下脑袋，说了一声，你们吃你们的，我又没妨碍你们。然后就又重新低下头，我被这句不像孩子说的话怔住了，朋友无奈地不再管。后来，我听到一个传说，说夫妻两个人晚上躺在一张床上，互相不说话，但都低头玩手机，还彼此发短信。我认为这就是一个传说，没想到得到周围不少人证实。说真的晚上在床上夫妻之间玩手机互相发短信，然后相视一笑。我有些毛骨悚然，夫妻都在床上了，那不正是互相说话的机会吗？干什么发短信，语言可以有感情，短信无非就汉字嘛。我不明白，两个人都在一张床上了，发个屁短信呀。马上有人反对我，说，发短信是一种高层次的交流，可以有个想象的含蓄空间。我真不理解，夫妻在一张床上发短信，说俗了就是脱裤子放屁。

有一次去北京开会，坐地铁时看到几乎所有人都在低头玩手机。我没有座，站的时候被车速搞得摇摇晃晃。可我看到站的人也都低头看手机，任凭身子摇摆。我就看到旁边一个中年人正在玩手机里的游戏，玩得全神贯注，不知道身子已经挤得我到了车门那，问题是我不下车。结果开门涌进一批人，我就成了压缩饼干。再看进来的这批人，又开始低头玩上手机。看着满车厢玩手机的人，我有些瞠目，真想像朋友那样喊一声，能抬起头来吗？一个在机场工作的人告诉我，现在北京机场每天都有二三十人因为玩手机耽误了上飞机。他说亲眼看到一位，疯一样跑到进站口，人家告诉他飞机已经飞走了，广播里喊了你好多次。他懊恼地说，光顾着玩手机了，没有听见。我问过这个朋友，有没有耽误国际航班的？他笑着告诉我，当然有了。我替这个低头玩手机的人后悔，你为了玩手机都耽误国际航班了，回单位怎么交代呀？

我在单位开会，发现不少人都低头，但不知道干什么。后来才知道是玩手机发短信或者迷游戏。于是，我就说了，开会时都抬头，不许低头。但总有低头的，于是找低头的谈话，低头的痛苦地告诉我，玩上瘾了，抬不起头了。因为我的手机只能发短信，通电话，那么手机里都有什么魔鬼，能让人如此痴迷？后来，我请教才知道手机里丰富多彩，游戏，微博微信，看小说，看电影电视……有很多人劝我，说你应该换智能手机了，因为人家给你发微信都不行。我忽然觉得自己可能被抛下了，可我就觉得很庆幸。如果低头玩手机成了生活的全部还有什么意义呢？我去海南三亚，路过亚龙湾的一个景区时，不禁被那种美景所震撼，就喊着快看呀。可是车上的人都在低头玩手机，等到我喊过以后抬起头，车早就拐弯离开那个美景。我想，由于低头玩手机占据了你的生活，那么你会耽误多少机会。你失去了欣赏各种景色的机会，你失去了与你周边人交流的机会，你失去了语言的对流，你失去了五官其他功能的使用，你失去了生活的所有内容。

我不是一个死守传统的人，但我不想因为玩手机改变我的生活状态。因为，一样东西占据了你的生活，让你必须跟着它离不开，这就使得生活的色彩在减弱，这就使我们的思维陷入某一种的死路。

非得这么快吗？

都说时间过得快，其中的缘由有很多，但有一条就是我总结的，那就是做什么事情都特别快。

坐地铁，明明车上的人已经很多了，明明上车的人也很多了，就非得拼命地朝里边挤进去。后来我拽住了一个朋友，说，你等下辆车不就完了吗？朋友说，都往里边挤，凭什么把我自己甩外边。那天看央视的新闻联播，北京地铁就发生了这么一件事，车眼看着都快开动了，一个女人跑过去朝里边伸了一只脚。有工作人员劝阻她，她不听，就这么把脚伸在里边不出来，列车就不能开，所有车上的人就等着她。车门只好打开，本以为她会把脚赶快缩回来，没想到她趁机就钻了进去。结果是被派出所拘留了，她的理由很充足，我要着急赶着办事。我就想问问，你非得这么着急去伸脚吗？万一出了事故你还不是自己倒霉，就不能再等一趟吗？

评定职称需要写论文，我就看见一些人非得在必须交论文的时候开始动笔，然后一个礼拜写三篇论文出来。我曾经对周围人讲，写论文是一个需要时间的活儿，你得查资料找论证，然后列提纲，没有个把月写不完一篇像样的论文。可对一个星期写三篇论文的人讲那就是一个办法，萝卜快了不洗泥，或者抄袭。有的事情可以快，比如百米赛跑，不快拿不到冠军。有的事情必须慢下来，比如你写论文，比如你去阅读一本你喜欢的书籍。对一天能读一本书的人讲，那不叫阅读，那就是浏览。对一个星期写三篇论文的人讲,那不是写作那是写随笔。你觉得有的煲汤很好喝,那必须需要时间慢慢熬出来的,早一点都不行。都说爱吃天津的熬鱼,那也是一点点煎炸,然后靠小火炖出来的。

一对小夫妻因为一地鸡毛的碎事非得离婚,眼看着就要去办理离婚手续了,我看着着急,就对他们说,非得这么快吗?想当初你们结婚时那种海誓山盟都哪去了?其中一个红着脸说,当时就那气氛,随便说说。我说,是随便说说的吗?你们是真心说的。结婚和离婚都不是简单的事情,几分钟就决定了。那是一生一世的大事,真是仓促地决定了,就可能后悔一生。几句软话说下来小夫妻就生了后悔之意,一盆洗脚水端过来就焐暖了心。小两口又好了,我对他们说,把结婚证都藏起来,别一找就找到,省得今后这么快就决定离婚喽。

记得十几年前,我们一帮子文友去爬泰山。一早晨起来开始登山,从中天门开始就觉得吃不住劲了。到了南天门十八盘,觉得步履维艰。好不容易在黄昏前到了顶峰,大家坐在那里欣赏着一览众山小的美景,就有人催促着,差不多了,快下山吧,要不天就黑了。大家纷纷抬起屁股要走,我情不自禁地说,费了这么大劲爬到了泰山顶,不就是要好好体味美山美景吗?非得这么快就下去吗?大家看我这么固执只好重新坐下,这时夕阳开始西下,红透了漫山遍野,层林尽染。山风吹来,有很多的小鸟在脚下盘旋着,远处传来一阵歌声,那心就醉了。那个催促下山的人说,真要是刚才下去了,这美景就看不见了。

兄弟:树与湖

我从深圳动身到香港、澳门,回来以后,用半个多月写完了一部中篇小说《纯洁》。创作的灵感来自于我在深圳的一个朋友被他要好的同事出卖,而出卖的陷阱就是说他嫖娼。我在深圳看他,见他已经消瘦了一圈儿,人几乎变了形。他沮丧地告诉我,曾预料到有人整治他,但没想到是用这么一个最简单的办法,而且一枪就击中。说你嫖娼,在官场上或者生意的圈里谁都不好替你说话,于是你就陷入到一个极为尴尬的地步。你所有的人生努力都在这个粉色的陷阱里失去,或许永久消失。我想,人与人之间原本应该有一个做事规则,而现在这个规则没有了。可以胡乱地来,怎么击垮你快,就用什么办法。很多优秀的人才就这么被整治掉了,被一些擅长搅局的人所代替。

前不久我去杭州,几年没来,突然发现西湖旁边又多了一座湖,面积虽然不如西湖那么宽广,但也是烟波浩渺。听当地人讲,这里原本只是沟沟汊汊。为了使西湖不孤单,杭州政府决定在这里新挖掘出一座新的湖泊,与西湖结为兄弟。于是,我乘兴在这座兄弟湖周边游览,游人虽然不多,但也是景色宜人。有水鸟在湖面上掠过,芦苇摇曳处有小舟在风中轻轻摇荡,又是一个风花雪月的好地方。黄昏,夕阳如火。我在西子湖畔的雷峰塔上登到高处,看整个兄弟湖泊,像是两只镶嵌在美人耳际的金色耳环。听杭州人讲,外地人来杭州只知道有西湖,不知道西湖旁边这个兄弟湖,都劝游人到那座湖泊走走,这个湖的风景也很美，千万不要冷落了了它。

去广西，曾经看到一棵兄弟树，下面盘根错节，上面却是两根独立的树干。一年大旱，一棵树依然发芽结果，而另一棵却很快凋萎。没多久，那棵发芽结果的树也开始凋萎。有旁人看着心疼，就主动给这两棵树一起浇水。慢慢地两棵树缓解过来，都冒出了绿色。这兄弟树成了当地的一景，来了外地人都要去看看。树都能这么互相感应，互相照应，那我们人类呢？怎么人与人之间变得那么残忍呢？那么不择手段呢？关系越好，反目就越厉害，所有的冲突都是为了利益两字。但凡是兄弟和朋友之间都应该没有嫉妒，也没有互相攻击，而是友好相处，相得益彰。有时候看报纸，经常听到兄弟和朋友之间较斗，甚至动了杀机。再有就是兄弟和朋友之间为了区区小利而剑拔弩张，或者老死不相往来。

小说《纯洁》里的情节是设计的，但很多的细节是我朋友给我讲述的，让我听完以后震动很久。我在故事的结尾有些浪漫，是我不想让故事太残酷。人与人是不是纯洁一些，信任一些，支持一些，这样就会有些圣洁的感觉。

写作不是闹着玩的
——中篇小说《鬼使神差》创作谈

去年,我因为工作关系帮助市纪委策划了一台文艺晚会。时间长了,跟有些人就交上了朋友,知道了做纪委工作的艰辛。后来,市纪委派驻市文化局一名姓李的领导担任局纪委书记,我们一见如故,聊天很投机。逐渐发现,虽然纪委书记肩负的工作很艰巨,但他也是一个活生生的人,也有七情六欲,也有悲欢离合。于是我就动了写纪委书记这一敏感题材的心思,开始找他们挖掘生活,了解他们的生活状态。觉得这样还不解渴,就开始有意识找熟悉纪委的朋友,听他们讲述纪委的领导怎么处理案子,怎么把案子和自己的生活剥离,怎么在案子中理清是违纪还是小节。说来,纪委书记的活儿很不好干,外人觉得神秘,可能还有抵触,误会不就是整人的岗位吗。可我接触长了,发现这里存在着很多复杂的情况,甚至是不理解,或者不支持,更有甚者就是悄悄下绊子,掘陷坑。

我把《鬼使神差》里的主人公李有状有意识地放在了市文化局,就是觉得文化单位有特殊性,演员多,美女多,是非多,就这几多会使李有状陷入到一种纠结中。有人说过,宁带千军万马,不带什锦杂耍。这里说的就是文化单位的独特性、复杂性,稍微不注意就可能陷入泥潭中。我记得大哥当初死活要去天津人民艺术剧院,我父亲坚决不同意。后来把我大哥绑了起来,说,你要去就别想再回来。我当时还小,不理解父亲为什么对大哥去做话剧演员那么仇视。后来，天津人民艺术剧院的领导找我父亲做工作，父亲当时说了一句话，文艺界没有一个好东西。人家很尴尬，大哥气得要疯。后来父亲还是放了大哥一把，但他对我们几个儿子说，我不能绑他一辈子。等我长大了，我才知道父亲也曾经在冀中一带是个著名的说书艺人，只不过后来参加革命成了领导干部。等我到了文艺单位，父亲已经离休，他对我无奈地说，我当时说的那句话是绝了，但文艺界太乱，心眼子太多，诱惑你的也多，你大哥没什么文化，我怕他吃亏。正因为我父亲这句话，我写李有状去市文化局担任纪委书记时就有了这么多人看待他的去路，就有了李有状的踌躇满志，就有了李有状去了文化局以后的坎坷，也有了李有状的所谓爱情。当然我不会给他好结果，因为他应付不了这么复杂多变的情感场。

人是有正气的，我写李有状就是这样。我接触的市纪委几个朋友就是这样，做人做事光明磊落，没有龌龌龊龊，苟苟且且。但这些人办事办案子都很精明，跟警察办案子心境不同，那就是充满了人情味道，先想你是不是没有犯案子，再想你要是犯案怎么能帮助你认识，让你主动交代。我写李有状被尚玲压迫着，对方一步一步逼他，李有状已经忍无可忍了才开始主动反击。真有李有状这类人，一旦反击了就势如破竹，自然他心里已经胸有成竹了。所以写最后那部分时，我几乎没有停笔，写了一个多小时，一气呵成。我写完了以后感觉好像看到了李有状的神态，于是一夜无睡。李有状必然在爱情上是个弱者，他不懂得爱，偏偏又去了市文化局，故事就有了新鲜感。

我最后想说的就是写作不是闹着玩，那真需要你去投入的。

人有脸,树有皮

平常,遇到不认识的字从手机上查,如果查不到了才想起翻字典。而那天,因为要写一部经济发展为背景的东西,夜深人静,我坐在桌前翻开字典,看看字典里面是怎样解释“权益”两个字。字典说,权益就是应该享受的不容侵犯的权利。我又寻找“尊严”,字典又说,尊严就是可尊敬的地位和身份。半个月后,我写完那个东西后,突然觉得应该好好研究这两个最简单而常用的词汇。想想我们每时每刻遇到多少被侵犯的事情,我们又去怎样保护自己利益呢?有人会说,我们的地位尊敬吗,我们的身份就是一个普通老百姓。恰恰普通老百姓是最值得尊敬的,因为是最大层面的老百姓,更应该维护那一份尊严。

俗话说,人活一张脸,树活一张皮。我们平常有多少没有为这张脸活着,对周围发生的事情熟视无睹。比如,看见有人随意在马路上翻栏杆,然后在车流中躲闪着,走到对面。上公共汽车,看见老人也装作看不见,任凭老人在身边晃来摇去。显然,老人的尊严没有了,那个不让座的尊严也扔到一边。大年除夕放炮很正常,但那天凌晨,大家都在熟睡中开始放炮,放得震天动地。我被惊醒,怎么也睡不着了,看看表凌晨三点。我不知道放炮的想没想过大家都睡觉了,可能他正处在兴奋期,点燃爆竹就开始欣赏了。我们睡觉的权益被他震跑了,他的自尊得到了满足,我们的自尊放到了天上。

听说很早以前天津给高压锅做了个实验,据说很多人不知道这玩意能用多少年。哪次不小心爆炸了，一查，是你使用超过高压锅的极限。你这时候跑到商店去闹都不成，因为人家告诉你了，不是我们的责任，是你超过了极限。于是，权益是需要知识的，你需要掌握各种权益的知识，才能去保护。我的一个亲戚买东西看得很细致，跟看文物似的，什么时候到保修期，什么时候过了保鲜期。有次我们吃饭，他要了一条鱼。人家拿过来让他看，他看完了就要跟着人家去后厨，亲自看着这条鱼被大师傅端上案板。我笑着跟他说，何必这么较真呢？他说，你看见的未必是你吃到的，我就要较真，这是我的权益，因为我花钱了。我们每天都接触大量的商品，有些是主动的，有些是被动的。实话实说，这么多琳琅满目的商品摆在面前，我们无法判断里面有多少合格的，有多少不合格的，甚至是假的。最近，我看到国外有家报纸编了一个中国消费者的幽默小品。说有个农民买了农药，结果不合格，急忙跑到店里去退，店里说我和厂家定的合同，农药绝对是真的。农民一细看合同，那章是萝卜刻的。农民受骗了，越想越难过，就气愤地喝了敌敌畏，结果喝的是假敌敌畏，没死。全家人高兴，一起喝喜酒。结果喝的是假酒。一家人中毒，送进医院抢救。

不少豪华饭店，在门口处醒目摆着牌子，不允许带酒，违者罚款。你饭店有酒，就不能让消费者带酒。说来，这里面包含着对人格的歧视。我曾经看到一篇报道，题目是《中国人的尊严》。一个德国商人和中国办事员发生合同的纠纷，结果这位德国人竟然大打出手。事后，办事员要求德国人必须公开道歉，德国人拒绝道歉，要求私下用钱了结。这个办事员郑重地说，尊严不容讨价还价，这不是我的尊严，而是中国人的尊严！

看你还怎么能骗我

最近,手机里总是有毫不相干的人发来短信,因为警惕性比较高,所有的短信都不理睬。但我手机里还保留着几个短信,肯定知道是骗子发来的,但不由自主地佩服对方的骗术高明。比如如下的短信:工业和信息化部网站备案系统通知你,尊敬的客户李治邦,您的备案信息已经被变更,详情请咨询您的介入服务提供商,直接网上查工信部备案系统即可。我很较真,就真的上网去查了这个工信部备案系统,当然就真的看到很正规的网页,上边需要我输入我的各种信息。后来我一个朋友笑话我,说,你还真有闲心,你把这个电话号码回拨一下,看是哪的不就得了。我回拨后发现是吉林省吉林市,知道这肯定是假的了。我很有兴趣地再拨,结果是没在服务区。当然,这也就是在网上的一个号码,你永远拨,他永远都不在服务区。他要给你发短信,肯定你能收到的。还有一个短信,很是精彩。说:老李,知道你现在混得不错了,你记得七八年前欠我一万两千块钱吗?我现在不好意思说我是谁,但你也不能因为我不好意思就不给了吧。其实一万两千真不算钱,可我必须要,因为那是我的钱懂吗。我当时看完还真有些蒙,确实七八年前曾经借过朋友的钱,可在记忆里早就还了。我再往下看是他给我的账号,我马上给他回拨,发现还真是天津的手机号码,响了老半天没有人接。我记得对方的彩铃是骆玉笙唱的京韵大鼓《丑末寅初》,这是我最喜欢的一段经典唱腔。我佩服对方研究我,知道我喜欢什么,这样就能拉近我们之间关系。隔了好久,对方又给我发来恶狠狠的短信,说,你要是不还我就给你嚷嚷,看你是要脸还是还钱。我给他回了一个短信,很是客气地说,记得我借你五万两千块,你亏了,我给你账号打了,是空的,你再给我提供一个新的号码。对方不再理会我了,很巧,我和另外一个文友聊天时,文友也说起类似的短信,几乎是克隆一般。文友费尽脑筋在想,我当时找谁借的呢?他为什么不告诉我他的名字呢?我笑着对他说,你告诉他,你是不是李治邦啊,我记得找李治邦借过钱啊。文友怔了怔,忽然笑了,我们彼此笑了好久。

但真有来找我要钱的,那是几年前的事情了。一个多年未见的老朋友急乎乎地找到我说,家里有病人,急需要两万动手术。我很纳闷地问他,我们十几年不见了,怎么想起我了?朋友着急地说,我找了几个朋友都没给,我知道你是个热心人。你放心,三个月我就还。说完他给我打了一个借条,上边有他的签字,还有他的住址。我记得住址在睦南道一个小区,几门几号很清楚。看着他满头大汗的样子,我心松开了,但也长了一个心眼儿,从银行给他取了五千。他很不高兴地对我说,你怎么不相信我,我们可是过命的朋友。我狠了狠心说,我就那么多,你要就拿走。朋友悻悻地走了,嘴里叨叨着什么。过了三个月,我给他打手机关机,连续打了几天都是关机。我意识到自己犯错了,于是我抱着侥幸去了睦南道这个小区,敲开了几门几号的房门。出来一个老大姐,我说出朋友的姓名,老大姐叹口气说,我得罪谁了,这几天总有人敲门,我们这没有你说的这个人。说完,老大姐咣地关上门。后来,我向很多人打听,都说不知道这个人去哪了,也有跟我一样找他还钱的。其中一个对我说,认倒霉吧,咱的警惕性还是不高呀。我点点头,回答他,就是心肠太软了,人家就欺负我们这种心肠软的。

岁数大了,人就精了,我想现在还有谁能骗我!

我们能见好就收吗？

短篇小说难写，这是圈内人的一致意见。

我还算比较喜欢写短篇小说，觉得这是对自己的一个历练。但说起来我创作《天算》这部短篇小说可谓一波三折，写的时候本来不是这个故事，写的是一个老师被一件收藏的田黄折磨得要死要活，因为周边的人都想要拿走。后来，这个清高的老师毅然决然把这件祖传的田黄捐给了博物馆。可博物馆的专家看完以后告诉他，这件田黄是假的。老师目瞪口呆，因为他坚信祖传的就是真的，怎么能是假的呢。后来，当周边人都知道他这件是假的以后就不再纠缠他，他也获得了继续的清高。写了一遍就觉得没意思，太一般了。我知道废掉自己作品是很难受的，但没办法，忍痛放弃了。我怕再看见这个废稿，就彻底在我的电脑里删除了。删除那天我很别扭，觉得好歹写完了发走就行了，不必对自己这么刻薄。但也许认为自己是一个作家了，就在乎自己的声誉了。

放弃了一年后，又想写，因为石头这东西很折磨人，我好几个朋友都玩石头，玩得很痴迷。我从青海回来，有朋友送我一件刻有龙飞凤舞的石头。我很喜欢就戴在身上，我很少戴东西。那天吃饭，有朋友看了我这块石头不屑地说，你快摘下来吧，这就是一块很一般的青海玉，刻工也低劣，你戴着有损你的形象。我居然很听话就摘了下来，放在我的书桌上。我哪会儿看到它，都觉得它依旧可爱，似乎它又很委屈，认为我为什么会这么看待它，你喜欢不就得了吗。我动了心，觉得石头能给人带来这么多东西，会改变人，也会异化人，甚至会毁掉人。就这时候，我听到一个朋友给我讲述的故事，说一对夫妇去了云南和缅甸去寻找自己喜欢的石头，相亲相爱的夫妻居然都不说实话，因为石头在扰乱着他们。结果，他们在云南出了车祸遇难，在死之前告诉了对方真实的想法。我认为这个故事编造痕迹很强，这就是玩石头人的传说。可这个传说又感染了我，给我找到了这篇小说的故事核心。

写完了以后给了《啄木鸟》杂志社，本来名字不叫现在的《天算》，我起名叫《滥觞》。编辑张小红跟我联系，觉得这个名字不好，还有没有更合适的？我琢磨了几天，真的找不到什么贴切的名字。我就告诉张小红，你自己起一个吧。张小红很认真就给我起了几个，我又都不满意。我发现写作是不能不认真的，于是我就认真想，最后想到了一个自然道理，那就是人人都常说的“人算不如天算”。其实每当人做得过分的时候，天都要惩罚的。比如人对大自然的乱砍滥伐，自然就要处罚人类。人要是太贪婪了，自然就会被天算鞭挞。这个小说到底要讲什么，我也没有一个明确的答案，就是想给这些玩石头的还有不玩石头的说一个道理，万事见好就收。

心灵漫游

回到拉萨

已经是第二次进藏了，我是从林芝乘车去的拉萨，于是就有机会欣赏了四个多小时的沿路风景。陪同我的是西藏自治区文化厅的副厅长王勇财，他是第二次进藏的援藏干部，一个老北京人。他告诉我，前两个小时看秀美，后两个小时领雄魄。因为海拔的缘故，前半部分的沿路山的植被很茂盛，绿油油的，而且颜色是姹紫嫣红，令我惊叹的是河水在山丛中徘徊着，碧绿碧绿，绿色的水，再加上没有一丝云的蓝天，就有了天堂的味道。后半部进入了高海拔区，植被被缺氧的气候侵吞了，就剩下光秃秃的岩石，可河水依旧陪着我们，荒芜的草开始占领了我们的视线，总是有鹰在车顶上盘旋，这就应验了王勇财说的雄魄。

记得上次我去布达拉宫是从前边上的，用了两个多小时，而且已经气喘吁吁了。这次王勇财安排我们是从后山上的。在后山能看到拉萨的全景，特别是那片湖水，像是人的眼睛眨着，泛出天空的白云。布达拉宫永远是人挨着人，据说这还限制呢。我赞叹布达拉宫红色的墙，那颜色红得让人战栗，据说是一种特殊材料，不怕风吹日晒，总是不褪色。走进里边就没了人声鼎沸，一切都安静下来。我的心在洗礼着，是一种肃穆。很多人在祈祷着，陪同我的藏族朋友吉吉说，你可以祈祷，默默地在心里说。我纷乱的思绪开始沉淀着，想着自己要说的事情。等我走出来，吉吉问我，我不问你祈祷什么，我看见你一直在微笑。其实我真的祈祷安静的事情，想让自己的生活平和下来，能专心做自己喜欢的事情，专心与喜欢的人在一起。

住在雅鲁藏布江大酒店，这里几乎是一个博物馆，到处都是西藏文化的符号。晚上我几乎没有喝一滴酒，尽管王勇财一直在告诉我，不要听别人传，说到了拉萨不能喝酒，喝上几杯青稞酒很好的，好客的青稞酒会帮助你消化高原反应。回到住房还是头疼如裂，走路都摇摇晃晃。我摸了一下前额觉得发烧，就下楼到医务室想看看。没想到里边都是外国游客躺着在输液，大夫给我量了表，说我就是高度缺氧，回去静静躺着。王勇财给我打了电话，问我怎么样，我由衷地说，你两次到西藏援藏，一援就是几年，你就不头疼吗？你就不高原反应吗？王勇财笑了，说，我也是人，也跟你一样，但我就喜欢这里的一切，我就愿意做喜欢的事情。后边这句话让我想起来白天在布达拉宫祈祷的事情，我扑哧笑了。几乎没睡，把一罐子氧气都吸进去了，也没觉得脑袋不晕。清晨起来，我从窗户看拉萨明媚的朝阳，看层林尽染的云彩，看撒满橘黄色晨曦的街道，以及断断续续的钟声。

在八角街我买了一块绿松石，我问吉吉，这是真的吗？吉吉就笑，说，你喜欢就是真的。吉吉是一个藏族姑娘，说话总是在笑。我问过她，没有愁事吗？吉吉说，有啊，我们西藏人就是把愁事当喜事看，因为拉萨的阳光总是这么亮亮的。

离开拉萨是下午，我在机场听到有人在唱郑钧的《回到拉萨》："回到了布达拉，回到了布达拉宫，在雅鲁藏布江把我的心洗清，在雪山之巅把我的魂唤醒，爬过了唐古拉山遇见了雪莲花，牵着我的手儿我们回到了她的家……"

歌德被一堆商场包围着

我去过德国的法兰克福两次，第一次是五年前。那次去只停留了四个小时，记得就在一堆商场里转悠，很快就消磨没了。这次去又被带到那堆商场里，一个当地朋友问我，你想不想去歌德故居看看？我惊诧地点了点头问，在哪？朋友笑说，就在你现在待着的这堆商场里。

我随着朋友走到了被一堆商场包围着的大鹿坟小街上，一个不太起眼的四层小楼，用红褐色砂岩堆砌而成。已经是下午三点多钟，四月的法兰克福春意盎然。歌德故居门口很冷清，没有几个人，歌德就出生在这里，在这里度过童年和少年以及青年时期最美好时光。我和朋友轻手轻脚地走进去，不是怕惊醒了沉睡多年的歌德，是因为接待室里只有两个人，他们寂寞地看着我们。门票是 5 欧元，没人导游我们顺着指示牌朝里边走。

虽已历经二百余年，里边仍保留着夕日望族之家的气派和风采。墙壁上到处都是歌德当年的照片，一排排书柜里挤满了歌德的巨著。我看到了很多保存完好的歌德手稿，朋友告诉我，歌德的字体很流畅，像是音乐家写的五线谱。记得不知在哪个房间看到了一张歌德当年站着写作时用的书桌，我不懂德语，朋友告诉我，歌德创作的《少年维特的烦恼》就诞生在这张书桌上。我不明白歌德是不是一直站着写作，终于看到了一个守候在房间里的接待人员，穿着整洁的西服。朋友替我问他，接待人员低声说，歌德一直是站着写作，你们注意看这个书桌是斜平面的，这样写比较舒服。我情不自禁地用中国话问,他为什么非要站着写呢?朋友翻译过去,那接待人员笑而不答。我知道他回答不出来,因为站着写作能更加集中精神,累了还可以走动。我这么解释给朋友,朋友摇头,说,那是你的理解,歌德站着写出了《浮士德》,写出了那么多经典,这就是他的写作习惯,就像你写作,从来都是放着音乐去写,其实你根本不听。

歌德故居里有一个小院子,绿草茵茵,很是静谧。我和朋友坐在唯一的长凳上,任凭夕阳温暖着我们。其实歌德故居在“二战”的轰炸中被完全破坏了,当然不止这座楼房,法兰克福被炸毁的楼房不计其数。可就是短短的几年,歌德故居还有更多的楼房奇迹般地又重新站立起来,迅速恢复到原有的面貌。我问朋友,为什么恢复得这么快呢?朋友说,就是不想再看到战争遗留下来的样子。虽然小院子里边很安静,但还能听见周围嘈杂的声音。从这里走 5 分钟就能到火车站,距离股票交易所也近在咫尺。那里站着两尊铜像,一个是牛,一个是熊,预示着熊市和牛市。谁到法兰克福都爱在牛铜像那照相。我路过时就看到了一群又一群的中国同胞搂着牛脑袋肆意地摆着姿势,可有谁能想到歌德故居就在旁边呢?

告别之前,我再次去了歌德的卧室。接待人员看我再来,有些奇怪,因为我就站在唯一的窗户前,看着窗外的一个姹紫嫣红的小花园。朋友电话催我,说你该离开歌德了,来旁边商场楼上的露台喝咖啡,地道的卡布基诺。我再一次把目光投向墙上挂着的地质学和声学的图表以及温度计、晴雨表和一个灯伞。这是歌德留下的遗物,不是复制的。室内只有一张床、一个小方桌和一把矮脚靠背木椅。1832 年 3 月 22 日,83 岁高龄的歌德就坐在这张椅子上停止了呼吸。

我一个人走出歌德故居,看着周围由玻璃、钢铁和水泥建成的一堆商场。我知道法兰克福因为有了死而复生的歌德故居,所以尽管摩天大楼林立,欧元滚滚,它仍然保留了自己的灵魂。

我心中的圣湖

去西藏的拉萨待了一天，其实就是养精蓄锐，等待着转天去纳木错湖。我敬慕这个藏语意为天湖的地方已久，其实就是看过一张照片，是从高处拍摄的，有一抹蓝，如从天空中坠落的一泓清碧，蓝得透明，像是碧玉镶在山谷里。天空是白云，白云后面是蓝色的天。如果是天空上的蓝是明媚的，那么纳木错湖的蓝就是清新的，甚至是青涩的，纯洁的，让人羞愧自己内心的诡异。我在拉萨的音像店里买了一盘磁带，都是西藏风格的歌曲，其中就有李娜版的《青藏高原》，我觉得李娜的声音就有些空灵，当然更多的是纯净。

纳木错在拉萨往北190公里处，走起来却不轻松。因为修路，始终在颠簸中。车窗外不时闪过的是草地、牛羊，还有牦牛皮的帐篷，这时候，李娜的《青藏高原》开始发酵，纯美的声音在车里弥漫着。过了羊八井，开车的西藏群众艺术馆的办公室主任指着窗外连绵起伏的群山告诉我，这就是唐古拉山山脉，海拔得5000多米呢。可能是他的提示，我高原反应顷刻就表现出来，脑袋疼得像是有人敲打，呼吸也急促起来。我让车停下来，站在车外边大口大口地喘气，有人告诉我唱歌，于是我唱《青藏高原》，唱得全车人笑个不停。我好像嗓子眼被什么东西打通了，豁然畅通起来。

车开到了唐古拉山口，我好像两腿有了力量。那里戳着一个碑，清楚地告诉我们海拔已经到了5190米。那里聚拢着很多人照相，我却跑到了山口，我知道那张吸引我的照片就是在这里拍摄到了纳木错湖。果然，我看到了与照片上一样的景象。纳木错湖平躺在蓝天雪山之间，天和地在湖水中衔接，诞生了一块宝玉。确实颜色很蓝，蓝得令人战栗，我很想从这里飞过去，在镜面般的湖面上飞翔，找到一块深处潜下去。我朝纳木错湖扯脖子喊了一声，很快就被山谷的风淹没了。我又喊，我发现也有人跟着我喊，西藏群众艺术馆的办公室主任慌忙跑过来，对我摇着手说不要喊，你把气力喊完了，就走不动道了。果然我下来的时候艰难极了，我知道对神圣的纳木错湖是不能喊的。你要是想看它，你就静静地看，让你的心与湖水在一起荡漾。纳木错湖能把天地合一，也能把你浮躁的心安静下来。当我走近纳木错湖时，先看到成群的山羊在绿草覆盖的山坡上吃着草，很是惬意，又很是悠闲。纳木错湖能让人靠近它的时候静心敛气，也能叫羊群自由自在。

站在湖畔，我发现湖水是汹涌的，一点也不静谧。湖水泛着浪花向我扑来，我仿佛站在海岸上。有人告诉我，纳木错湖看着安静，实际上接近它就知道是涌动的，一年四季不断地涌动，浪花拍在岸边，荡起哗哗的水声。想想，生命是运动者，自然也是发展的，只不过需要安静的是人那颗不安分的心灵。

我坐下来，旁边有不少人在骑着牦牛朝纳木错湖里冲，然后为了拍摄下来骑着牦牛在纳木错湖里的留影。牦牛不情愿，但被人牵扯得只能后退，全身浸泡在湖水里。我不敢面对牦牛的眼神，因为它不理解这都为什么。我跑到僻静处，静静地眺望整个纳木错湖。湖水不是远处看的那么蓝，不同层次的蓝交织在一起，清澈透明。也可能是身在高原深处，那种蓝有了宝石般的感觉，我想起了美丽女人的眼睛，眼睛是一眨一眨的，湖水是一波一波的。美丽女人眼睛有着深不可测的魅力，纳木错湖的湖水有着丰润迷人的眩晕。

湖边都是卵石，被风吹和水洗显得很干净。脱下鞋走上去很舒服，抬头看远处的纳木错湖，觉得已经跟湛蓝的天空接上了，水天一色、碧空蓝湖浑然一体。我在那里站立了很久，隐隐觉得风在吹动着我的什么，想了想是眼睫毛，因为眼睫毛不断地在眨动。

纳木错湖的风是那么柔和，我觉得眸子也清爽了许多。原本头疼的脑袋在慢慢变轻，高原反应也在美丽的景色中退走了。这时候我听见有人喊我，我回头看去，不少人在朝我摇着手喊我回去。我发现我走出了很远，已经与那片羊群融合在一起。我唱起了《青藏高原》，歌声随着风吹变远了，变没了，似乎风也在跟我和声，但显然唱得比我更动听。

青海花儿

去青海几次，除了去青海湖以外，我必须要去听花儿。

花儿是一种具有浓郁民族风情的歌唱方式，在青海、宁夏、甘肃都流行，被评为世界非物质文化遗产项目。我在青海看见过几千人站在山坡上唱花儿，穿着最绚丽的民族服装，从日出唱到日落。那场面让我看得热血沸腾，心旷神怡。

几年前，我曾经请青海的花儿歌手来天津演出。后来，我跟天津音乐学院副院长靳学东商量，能不能到天津音乐学院去演一场。靳学东高兴地说，好啊，让学生们听听什么是民族的，什么是百听不厌的花儿。结果，青海的花儿歌手在音乐学院演出了一场，座无虚席。男女歌手对唱，情真意切，音调悠扬。女歌手缠绵地唱到“十一腊月寒冷天，羊吃了路边的马莲；若要我俩的婚缘散，冻冰上开一朵雪莲！”歌声真是很好听，纯净似水，沁到你肺腑里很远，接着男歌手迎上去手拉手对唱，小伙子很帅气，“红胶泥锅头心风匣，拉一把，灶火里可有了火了。远路上有我的心肝花，腔子上打，身子儿由不得我了。你踏上辣子我踏上蒜，辣辣儿吃一回搅团。配上尕妹了唱一天，喝一碗凉水是喜欢。”

我对青海花儿的喜爱还是在小时候，那时，天津流行《花儿与少年》，其实就是青海的花儿。“春季里么就到了这，迎春花儿开，迎春花儿开。年呀轻的格女儿们呀，踩呀踩青来呀，小呀哥哥小呀哥哥呀。小呀哥哥呀，小呀哥哥呀，手挽上手儿来。”那时我在平山道小学，音乐老师姓韩,就教我们唱。当时大家都爱唱,虽然还小,但是唱得心花怒放。可能我的情窦初开就是因为唱这首花儿。后来“文革”期间批判了,说是靡靡之音。可就是这首靡靡之音在全国风行了,让很多人知道了还有一种歌叫花儿,它像花儿一样开放,姹紫嫣红。

我那年去青海听到一个唱花儿的故事,一个唱花儿的老人因为唱花儿死里逃生。第一次他是被土匪逮起来了,给他绑在大树上,刽子手已经在磨刀了。他就想死了就死了吧,可死以前得唱唱花儿啊,要不咽不下这口气。他就扯脖子唱,唱的都是情歌,那就是想他的老婆和几个孩子。土匪头子听他唱得流泪,最后没有杀他。第二次是国民党马步芳的队伍跟土匪打了一场硬仗,最后土匪都被打死了,活生生捆了他,说他是土匪,给他吊到村头。他又想起老婆和孩子,挣扎着还是唱花儿,唱的都是想念他老婆孩子的花儿,唱得马步芳手下的营长也流泪了,让人把他松下来,对他说,你就跟着我们队伍走吧,我们走哪你唱哪,我们都想自己的老婆孩子。第三次是共产党的队伍把马步芳队伍打败了,说他是国民党,这次没有绑他,也没有吊他,就是把他关在小黑屋里审问。他就在小黑屋里唱,唱的是家乡的山水,没想到连长听着了,他是青海湟河人,也是眼泪汪汪,对他说,你肯定不是国民党,回家吧。他回家接着唱花儿,1956 年,青海要找会唱花儿的,最后找到了他。结果他去了北京人民大会堂,给毛主席他老人家唱了青海花儿。回来后给他披红挂彩,西宁的领导都到火车站亲自接他。

青海的群众艺术馆颜馆长是我好朋友,我请他到天津曹禺纪念馆讲花儿,他给我们用情唱了一首花儿:“水有源来木有本,有房子就有个主人。唱花儿始终要找根本,什么人把花儿留给了我们。阴山阳山啊山对山,好不过挡羊的草山,尕妹妹出来门前站,活像是才绽开的红牡丹。千万年的黄河水不干,万万年不塌的青天。千刀万剐我情愿,不唱我花儿是万难。棉织布来丝织线绣花时离不了扣线。东不指黄河西不指山，不唱花儿心不干……"唱得听众掌声不断，我听出来他唱的花儿就是一种情感的宣泄。去年再去青海，颜馆长带我走进一家羊杂碎铺，抓上半碗羊杂碎，再舀上煮肉原汤，热一热后又把原汤倒掉，再冲上热汤，反复几次，肉也熟了，再撒上芫荽，拿出一张大饼，掰着放在汤里边，不够口，还搁了半勺热辣子。颜馆长笑着说，唱花儿不吃这个唱不出来，说着小声跟我哼哼着："一面的黄河一面的崖，半山里渗出个泉水来。这个房间你得每日来，我开门迎接你个来。"

从钓鱼城看历史风云

几次去重庆，当地的朋友都建议我去合川的钓鱼城看看。我每次都阴差阳错，当地的朋友都很遗憾，以至于最近这次去非陪着我去。我不解，说，那里有什么特殊的景致？当地朋友说，你登上钓鱼城能看到历史的风云。

我们驱车前往重庆西北几十公里外的合川，寻访了钓鱼城。沿着石阶登上钓鱼城，就看到了嘉陵江、涪江、渠江三条江水交汇处，一股奔腾不息的河流。当地朋友说，合川的来意就在此了。我依旧没看出所以然，当地朋友对我说，就是这个小小的钓鱼城曾改变了中国甚至世界的历史。在 13 世纪这里持续进行了整整 36 年的攻城争夺战，也就是南宋王朝与蒙古大军之间的生死决战。指挥大将是成吉思汗的大儿子蒙哥，他在兵临合川钓鱼城后苦战不下，小小一个钓鱼城让蒙哥不得不数次亲率蒙兵上阵，在一次攻击中，蒙哥不幸受伤，然后在合川城上的军营里，因伤而病，加之蜀地湿寒的天气死在这里。蒙哥是老大，老大一死，老二老三都在埃及附近征战，留守在家的老四一看机会来了很想赶快称汗。两兄弟立即同时撤军，回去夺王位。这也就开始了蒙古的几年内战。如果蒙哥不死，老二老三没有撤军，历史必然重写。不仅欧洲人再没有遭受蒙古铁骑的摧残，南宋江山也在风雨飘摇中又延续了 20 年，钓鱼城成为一个让世界永远铭记的地方。

钓鱼城地形陡绝，倚天拔地，一座座城墙，墙壁上弹痕累累。这里有一个狭长的口子，当地朋友说，所有的对外联络都通过这个口子。在城墙看到一排排的战炮，还巍然屹立在那里，冲着茫茫的三江汇口，保护着这座与敌人奋战了 36 年的钓鱼城。36 年不断地攻城，打了无数的硬仗血战，激战下来就是攻不破这座城池。

战斗到最后，南宋已灭亡，陆秀夫背着小皇帝在广东崖山投海。南宋坚持抗战的只剩下这个小小的钓鱼城。天下之大已经没有自己人了，钓鱼城所有的军民到了四面楚歌的地步。按说，蒙古大军已经占据江山，没有必要在这里费口舌蹚浑水了。可是蒙古大军咽不下这口气，因为蒙哥就死在这里，不把南宋剩下的这块骨头啃下来就不能说大获全胜。

宁肯饿死，宁可看着没有一个援兵回来。钓鱼城的人已经知道南宋江山不再了，但仍不肯投降。后来，眼看着所有人就都饿死在钓鱼城，因为元军已经把所有出口都封锁住了，钓鱼城已经到了人吃人的程度。守城将军王立为了让十万钓鱼城人免遭屠杀，据说跟元军达成协议，你进到钓鱼城，我给你空城，你让我带着十万人撤走，伤我一人我就炸城与你们同归于尽。协议达成，王立率众散去，他把十万人到各地安置。王立知道自己要遭后人的唾弃，因为当时就有人这么告诉他，可他的回答，我为了十万军民，后人怎么唾弃是后人的事，我就当一把历史罪人。果然，漫长的历史长河中都在歌颂守城的英雄，而贬低了王立这个守将。

我走进钓鱼城纪念馆，见到详细记录这段历史的资料。守城固然是英雄，可保护百姓安危也应该是豪杰。四处转了转，当年的遗址所剩无多，其中山顶的那一排排炮台遗址成了大家合影之地，地上的炮台痕迹被幽默的当地人叫做麻将牌的一筒和三条，真是古今多少事，都成了渔樵闲话！

鼓浪屿带给我的诗意

前前后后去了几次鼓浪屿，每次都有不同。记得去年春光明媚，因为去晋江谈有关合作美术展览，就忙里偷闲去了鼓浪屿。说来有趣，隔岸的厦门城市热热闹闹，登船到了鼓浪屿就有了变化，在小巷里随意漫步，那颗浮躁的心就慢慢地沉寂下来。偶尔能听到丁东丁东的琴声，而且弹奏的水平都很高。我就按捺不住好奇心，轻步走到一家门口，透过缝隙，见到的竟然是一个小学生在演奏。听久了有些不好意思就悄悄离开，依旧在小巷深处走着，其实那琴声也给安静带来了一份生活。

鼓浪屿离厦门市区这么近，近到了能看见岛上的树枝在摇曳。坐轮渡也就几分钟便到了彼岸。可就是这么近在咫尺，却有了自然的隔绝。尽管鼓浪屿上也有很多商店和饭店，但在商店林立的小街上闲逛时，街面的地砖彩色纷呈，好像走在图画上。走着走着，就会发现街面没有一辆汽车，甚至连一辆自行车都很少有。偶尔，有一辆电动旅游车静静通过。在鼓浪屿从来不允许有汽车穿行，包括自行车，就怕污染和噪声。这规矩立到至今，从来没有人破坏过。

二十几年前，邓小平来鼓浪屿视察，都是步行。老人家兴致勃勃在美丽的小岛上闲情散步，花在身边起舞，草在耳边歌唱。一切都是大自然给予的清新，连海面上吹来的风都是醉人的。小平老人无论走到哪儿，鼓浪屿的群众都自发地出来欢迎，场面感人。小平周围没有警戒，身后也没有大批的随从。小平老人听到阁楼上悠扬的琴声，还冲着窗户寻望。

鼓浪屿的安静是历史形成的,小巷窄了,树木多了,花草茂盛了,你就觉得脚步轻盈了。琴声的传来也是让你安静下来的原因,也许怕你的吵闹惊动了人家,或许这种琴声就是让你安静下来的信号。

我们在小巷深处找到一个茶园,进去以后感觉豁然开朗。开阔的草坪和草坪深处盛开的花朵,把本来就不大的茶园装饰得姹紫嫣红。其实我不太喜欢喝茶,但在茶园坐下来就有了喝茶的欲望。隔着我们的茶桌有几个老人在打牌,也不怎么说话,偶尔有笑声。我要的是红茶,几个人坐下来慢慢喝着。阳光在树叶的缝隙中泻下来,撒在身上暖洋洋的,觉得从心里头透着温暖。不时有小鸟在我们附近的树枝上停留,即便我们站起来走动它们也不飞走,好像觉得人就不是欺负它们的。我们聊天,都是一个单位的,大家在一起总是跟某些工作纠结有关。可是忽然坐在这么惬意的茶园里,说话聊天就有了一种意境,聊的都是至今也想不起来的话题。语调不沉重了,脑子就有了休闲。陆陆续续有人进来,都纷纷坐在茶园的各个角落。依旧是这么平静,那些趴在树枝上的鸟也没有走,陪着我们,好像也没有叽叽喳喳。都说意境两个字,其实意境是两层意思,一个是外观的,一个是内心的。茶园这么静谧的地方就给了你沉静下来的氛围,你内心的文化积累有了依托,于是这种意境就自然营造出来。

离开那个让我喜欢的茶园,我们来到著名的日光岩。攀到岩顶处瞭望,有当地人指着不远处的两个岛屿说,那就是中国台湾的大担二担。我觉得离得这么近,以至于我这个高度近视眼都能清晰地辨认出来,两个岛屿如浮在海面上的两只乌龟,慢慢地朝鼓浪屿这里爬。我记得头一次到鼓浪屿时,厦门艺术馆的老朋友告诉我,划一条船,也就半个时辰就能到。还是在没有通航的年代,厦门高甲戏剧团到那里演出,去的时候坐飞机到中国香港,然后再转道去大旦,用了整整一天的光景。结果，在吃晚饭前发现有一个重要的服装箱忘带了，而晚饭后演出的锣声就要敲响。结果，接待他们的人说，别费事了，干脆派个船打个来回，也就一顿饭的工夫。果然，当船把服装箱带回来时，晚饭刚刚摆在桌上。几次去鼓浪屿，我都要登上日光岩，其实就是想看看对岸。海水把鼓浪屿和大担二担连接在一起，炎黄子孙的亲情也融合在浓浓的海水之间。往厦门市区俯瞰，高楼成群，宛如小香港，体现着勃勃生机的特区面貌。鼓浪屿就是一个休闲岛，就是一个让人净化浮躁的地方。记得前不久去澳大利亚的悉尼和墨尔本，都有着很多的园林和草地。记得在墨尔本库克船长的小屋周围，那一大片绿茵草地和树林，让我想起来就觉得难忘。我坐在那里许久，其实就是想过滤自己，想让匆匆的生活脚步稍微停留片刻，休息一会儿。鼓浪屿就是这样的，它让你休息的时候会有一种短暂的记忆忘却，把脑子里那些呆板的僵硬的教条的搁置起来，呼吸着新鲜空气，腾换着思维方式，享受着生活，给着你幸福。

我也想退休后搬到鼓浪屿来住，但岛上的居民只能搬出，不能再迁入。不控制人口，岛上都是居民，就破坏生态平衡了。我们还是选择在小巷里穿行，看见小巷两旁的楼房里在晒衣服，也有小孩跑进跑出，听到有大人在呼喊着他们。鼓浪屿不是公园，它就是人们祖祖辈辈生活的一个地方。那一种生活的浓郁原色扑面而来，减弱着商业气。想起一些江南小镇，都是滚滚的人流，都是叫卖声，看到的都是空空的住家，就觉得心在挤压着。走出鼓浪屿，对岸有晋江的朋友在接我们。车在拥挤的马路上艰难地行驶着，我努力回头看着鼓浪屿，在午阳中模糊了，远远的像是一只乌龟在一点点地蠕动着。我忽然感到半天的鼓浪屿生活是那么美好，那么富有诗意。

深秋的味道

其实，天气是有味道的。深秋的味道最浓，吮到鼻子里就觉得痒痒的，看到眼里就是金黄金黄的，走在林阴道上就是嘎吱嘎吱的。

记得那天深秋，我去贵阳，跟着一帮搞摄影的去了郊区的黄金大道。所说的黄金大道就是树上的叶子都落在地上，一片金黄，远远望去像是铺上一层层的黄金。我们都不好意思去踩，可又抑制不住好奇，蹑手蹑脚地踩了上去觉得软绵绵的，像是棉花。陪我们去的贵州朋友惋惜地说，就是这一个星期，过去了就没有了黄金大道了。深秋的季节，最美丽的时光，也就是这么短促。

那天看电视，忽然听到有一种秋殇的说法，说人到了这个时候容易伤感。确实，看着满树叶子都纷纷落下，然后觉得时光如梭，马上一年就过去了，不免有些触景生情。于是有一天黄昏，我约了几个朋友到了水上公园的西门小聚。这里比较安静。站在湖畔，看着夕阳慢慢落下，然后一池的湖水被染成橙黄色，远处有人在唱歌，从湖面掠过，很是清爽。我闻着歌声快步走过去，是一群银白色头发的老人在唱歌，唱得那么无拘无束，兴致盎然。我和他们交谈，听到的都是快乐的情绪，说，这么好的景色怎么能不快乐呢。大部分走了，留了一个稍微年轻点的人悄悄对我说，他们都是癌症患者，每天都到这里唱歌说笑。我有些愕然，唐突地问这个稍微年轻点的人，那你呢？他笑了，说，我也是，我是刚参加进来的。他对我说，有时候就有人去世了，但来的人没有受到影响,继续在这里欢聚。我望着他的背影远去,还能模糊地听到他们的歌声。夕阳完全沉浸在湖水里,在寂静的夜色里,我回到朋友中间。大家吃惊地问我去哪了?我回答,去上了一堂课。

这几天就感觉心在惶惶的,心脏似乎也跳快了,最重要的是开始流虚汗,满头满脸,然后攥着两手心的汗水。到了医院去问询,知道我开始更年期了。我有些吃不住劲,更年期就是这样子吗,这么忍着到哪一天才能过去呢?一个星期天的下午,我正要创作,发现窗外的树叶子落到了窗台上,忽然进入了一个抑郁时期。到了晚上开始加力,很是伤感,也说不上因为什么,也没人给我压力。转天,早起来不见好转,给好朋友打电话求助,发现好朋友已经外出在飞机上了。想不明白为什么,就是不高兴,想的都是伤感的事,父母的离世,同窗的不幸,女儿远在英国伦敦进修。于是造成了睡眠更是差劲,不敢吃安眠药,就这么看着天花板,然后爬起来看书,一夜无睡。上班,我说给朋友听。朋友玩笑地说,深秋到了,你就是更年期了。六十花甲,一个轮回,你要换一个人生活。

那天黄昏,我去水上公园去寻找那些唱歌的人群,没有找到,有些怅然。在湖畔,看着一群群的鸟儿在自由飞翔,好像不想去远方而是留恋这里。走着走着,看到一对老年夫妻手拉着手在散步,脸上洋溢着一种微笑。他们说着什么听不到,但能看到他们是那么幸福。天色一暗下来,水就变凉了。深秋的凉意逐渐袭过来,身上就觉得冷冷的。我朝家走着,家里来电话,说买了不少更年安这类的药片等着我去下肚。一个朋友打电话,说,注意秋殇啊,越是深秋,人的情绪越反常,抑郁的情绪就蔓延。我不高兴地说,你这么一说就等于暗示我,秋天是收获的季节,应该是载歌载舞才对呢,为什么会不高兴呢?

几天后,去外地出差。我走在一个深巷子里,看到一间别致的书屋。书堂里边挂着一副对联,上联是:有事读书;下联是:无事静坐。我走进靠窗户处坐下，随手拿出一本书，竟然是云之彩的《写给秋天的书》。我要了一杯茶，慢慢看着，里边有一句话，说，我有一个朋友经常要做化疗。听到“化疗”，就不要我过多地去解释了。然而，对于一个每天站在绝望和死亡边缘的人，他并没有放弃对生命的热情。仍然坚持工作、学习、运动。有时去探望他，看着他那么痛苦地挣扎，我不能劝他放弃。更多的是对他灌于爱心和希望，让他多想些美好的事物和开心的事情。尽量把身心所带来的痛苦一点一点地抽离，让他能感受到这个美好的世界，美好的秋天。掩卷后，我想起水上公园那些快乐的身患癌症的老年人。他们就是把所有的痛苦都抽掉了，让快乐充实在每一个细胞里。这时候，阳光照射过来，我觉得身上暖烘烘的。书屋的老板怕我冷，就把窗户关上。他对我俯身说，没什么好看的了，外边的叶子全掉光了，还是屋里暖和一些。我笑了，等他走后又推开了窗户，看见两只喜鹊落在院子里叽叽喳喳的。我从少年时代到了中年时光，阅读真是我唯一的寄托。我千方百计地看能弄到手的文学书籍，有所感悟就落实于笔端。无论到哪里，我的手里总要有本书，或者有份报纸。只要有时间，我就会拿起什么看看。其实，这真应对了书屋对联那句话，我就是有事就想读书，读书真的能让人静下来。我做不到无事静坐，但我能做到有事读书。

深秋还在继续，但我的情绪在慢慢变好，因为我感觉到了人与人的温暖，有认识的也有不认识的，于是心开始复苏，渴望生活的欲望降临了。再加上这两天的阳光灿烂，扑到身上也懒洋洋的。想想，吃不吃更年安并不重要，减少些欲望才对，好好简单活着吧。俗话说秋天多烦恼，当烦恼降临，人们总希望当前这个烦恼尽快过去，于是咬紧牙关，费尽心机，遍托人情，总算圆满解决了。谁知还没安稳两天，又一个烦恼临门，一番折腾后刚喘口气，新的烦恼又来了。只要还在轮回中，不要奢求不再有烦恼。认识到了，就是打开了智慧；想开了，就会无所求，做到了心灵上的自由自在。

有一天晚上，朋友的闺女结婚，我上台为一位票友伴奏。拉起京胡，我就快乐万分，一连拉了两段。后来有人悄悄告诉我，人家是闺女结婚，不是京剧票友比赛。我笑了，京剧这东西就是入行的人着迷，不入行的人听着腻歪。

上班的路上，看着清洁车在慢慢推着一大片的落叶，忽悠一下再次感到伤感。到了单位，收发室给了我一个小朋友从上海朱家角发来的贺卡，说，我们在朱家角，李大大要永远快乐，不要忧郁。看完很是感动。人在烦闷时，感情就是一个最好的支撑。回头再看看落叶，就有了一种惬意的感觉。

深秋，也是人转折的季节，收获一个好心情吧。

渴望阳光

记得在很多年前的春季，我去上海的老城区采访著名京剧演员童芷苓。下午了，我看见家家的阳台上都晾着衣服或者被单，随风飘荡。我看见童芷苓好奇地问她，她笑着说，上海正是梅雨季节，连续下了大半个月的雨，今天太阳终于出来了，这就是我们上海人最幸福的日子。我体会不到阳光出来了有什么值得称为最幸福的日子，童芷苓摇着头说，你在北方可能天天都能看见阳光，所以你就不在乎了。江南的春天多是阴雨天，衣服洗了都晾不干，被单子都湿漉漉的。你到我阳台看看，那么多上海人不但晾衣服，还在那惬意地晒太阳呢。

无独有偶，我去过荷兰的阿姆斯特丹，当地人给我介绍，说那里得抑郁症的人很多，因为经常都是阴天或者雾天，很少能看到阳光。人总看不见阳光，情绪就会受到影响，沉闷，寡欢，忧虑，据说自杀的人数在这期间尤其多。于是，每当阳光降临的时候，阿姆斯特丹的老百姓都出来走街，所以那天我看见这么多人在街上兴奋地行走着，玩耍着，微笑着。我也被他们的情绪所感染，跑到街中心的游艺机上在空中飞翔着。当地的一个朋友对我说，是你们带来了阳光，你们就是我们的贵客！

阳光对我们是这么的重要，可我们常常忽视，甚至视而不见，或者无动于衷。当你能看见阳光的时候，一定没有阴霾或者大雾。当阳光抚摸你皮肤的时候，一定是很温暖，让你心里荡漾着一种幸福。我们常常看见在阳光出来的时候，一些人遮住脸，或者穿上长衣长裤的，怕晒黑了自己，总觉得白嫩嫩的才是人最美丽的表现。阳光是抚育我们的，阳光充足了能让人把憋在皮肤内的脏东西用汗水洗刷出来。我们应该渴望阳光，于是阳光就用在人的各种比喻上，比如你这个人很阳光啊，比如我们是阳光工资啊，比如给新建的建筑起名为阳光公寓啊。这么多的象征都说明阳光是大家看得见摸得着的，没有权权交易，也没有龌龊地暗箱操作，因为这些都见不得阳光。

我很喜欢《阳光下》这首歌，记得我在看书时，偶然在收音机里听到，于是连忙在网络上把它下载了。歌词里有这么几句，“我在阳光下等着你让被冻伤的心痊愈，过去总有天会过去，快乐靠自己。我在阳光下望着你，让你的笑灿烂我眼睛。乌云散去不下雨就放晴，会有彩虹般惊喜，脚踩过昨日阴影，心渐渐清澈透明。”真的是这样，特别是乌云散去，雨过天晴，看见阳光从重重的云彩里顶了出来，洒下来金子般的光芒，你忽然走在街上，享受着阳光，你的心就会被圣洁了一次。前不久，当阴霾总是在天空布满的时候，猛有一天阳光出来了，本来那天有事要发脾气的，但就是因为阳光的骤然出现，心情也豁然开朗了。

我遇到过一个盲人，他对我说过一句话，阳光是有味道的，是甜甜的。我觉得他太有诗意，他对我的不以为然很不高兴，说，真的，阳光晒在我的胳膊上我就舔舔，真的是甜的。

在加拿大距离北极最近的地方有个叫丘吉尔的小镇，靠近北极圈，是能看极光的天堂。据说，一年有 300 天可以看到极光。正因为如此，全世界的人们都对这个神秘小镇充满着好奇和探险欲望。在人们看来，极光是许多神话的主题。连斯堪的纳维亚的海盗都相信，极光是骑马奔驰越过天空的勇士，而因纽特人则认为，极光是神灵为最近死去的人照亮归天之路而创造的。可就是这么一个能看见极光的小镇，每年到了 11 月就看不见阳光了。一直持续五十多天，到转年的 1 月 13 日的早晨，才能看见阳光。五十多天一直在黑夜里，丘吉尔小镇的人们没有被恐惧吓倒。每天按时起床,按时上课上班,然后吃午饭,下午继续如此。他们用快乐抵御着没有阳光的寂寞和孤独。他们照样在欢笑,孩子们照样在做游戏,大人们寻找着各种欢乐的平台,没有人逃离。在阳光重新回到他们那里的时候,全镇的人站在山头,静静地等待着,渴望着,看着太阳一点点地蹦出地平线,然后舔着他们的皮肤。他们对阳光歌唱,顶礼膜拜,人人脸上都是泪水和笑容。

这种树是咋长的

到广西出差，从北海回南宁的高速公路上，见到一排排的长相奇怪的树。树干很细很高，顶上长着一簇簇的叶子。朋友告诉我，这种是速长树，据说当年种下三年就能蹿成这么高。我惊讶，觉得不可思议。朋友说，这种就是速长树，树下的土壤都开裂了，下雨后经过这里的水都变黑了，对当地的资源破坏性很大，而且三年长成后就砍掉，然后再种，三年后再砍。等到第三个三年，这里就长不出树了，只能成为废地。我不解地问当地朋友，为什么要种这样的树呢。朋友回答，谁种谁就能赚钱，他说一个远亲三年投了一百万，三年后就净赚一百万。专家不让种，说这就是杀鸡取卵的事情。可赚钱者却使劲儿种，越种越多，因为拦不住赚钱。朋友说完，我再看这些速长树，怎么看都觉得害怕，没有了欣赏绿树的欢愉的感觉。回来后，市郊的一位农民种植朋友告诉我，这种树叫桉树，据说非常费水，俗称树中抽水机，而且其散发出一种特殊的气味，各种鸟都不敢靠近。我在想，树是鸟的家，是鸟休息的地方。树跟鸟是天生的朋友，鸟都不敢靠近这种树，会是什么样的树呢。

几天来这种速长树一直徘徊在我脑子里，我闹不明白种这速长树靠什么赚钱。后来，有人告诉我，这种树据说属外来物种，可用来造纸，速生，但欺土夺水。他说了一句话，此树生，他物绝！我恍然大悟，是造纸用的。想起一句常说的话，十年之计是种树，百年之计是育人。种树是需要时间的，我去南宁，在市中心看到一片树林，徘徊在美丽的树林中能听到鸟鸣，能嗅到树木的芳香，能看到阳光在这里被遮蔽。我还是听那位朋友讲，这片树林整整用了十几年才培育成功，而且成了老百姓的乐园。

我去长白山，那里的茂密原始森林淹没了整个山脉。那就是几百年才形成的，而且当地有规定，谁砍伐了一棵树就要用倾家之力去赔偿。现在不能干什么都需要快速，让孩子快速成才，让人一夜变富，让渴望成为明星的人忽然耀眼。这个快速就令人害怕了，刹不住车就会车毁人亡。

我那年去监狱采访，接触到一个曾经在税务局工作的犯人，本来局领导很器重他。可他的一个老同学总拉他去牌桌玩牌，他推托不过就到同学家坐下来。没想到一个晚上就赢了一万多元，他激动得手都哆嗦，甚至都拿不住纸牌。他盘算，这就是我一年的收入，这么快速赚钱太刺激了。于是一次次赌博，债台高筑，最后铤而走险跑去抢劫。他跟我懊悔地说，我太想一夜成为富翁了，省得天天在办公室赚那点儿蝇头小利。

什么都讲究快，就没有了喘息，就没有了停下来思考的时间，就没有了生活的乐趣，就失去了人生很多美好的路程。记得那年去三亚，在路上我忽然发现了一片优美的海湾，夕阳西下，水面溅起灿烂。我让司机倒回来，跳下车，站在那儿欣赏，陶醉在美景中。后面一个朋友拍了拍我的肩膀，焦急地说，有什么好看的，那边等着咱喝酒呢。

夜宿镜泊湖

几次去黑龙江都没有去镜泊湖，两次去牡丹江，到了镜泊湖的边缘却因为种种原因与它失之交臂。有人说与美丽景色的无端错过，是人生中最大的遗憾。可能我属蛇，天生就跟水有渊源，特别想去的地方就是湖泊。我曾经去过新疆和吉林以及内蒙古阿尔山三座天池，都有不同的感受，各自有其魅力。感触最震撼的是西藏的纳木错圣湖，我是从高处鸟瞰的，湖水犹如一抹蓝，从天空中坠落，蓝得透明，像是碧玉镶在山谷里。

这次去镜泊湖是在夏天，本来应该中午到，但飞机晚点，从牡丹江驱车赶到镜泊湖已经是黄昏了。我记得车一直在茂密的森林里辗转，满目的青翠，却始终看不到湖水。等车开到了宿地跟前，我跳下车就迫不及待地对当地朋友说，我去看湖。其实我住宿的后面就是镜泊湖。跳上快艇感觉到了扑面而来的水汽，快艇在湖面上奔驰，我感觉到湖面好大，我好像陷入到了茫茫大海里边。整个湖周边很少有建筑物，只有山峦和葱郁的树林，呈现一派秀丽的大自然风光，淳朴得自然，没有人工的雕琢，这正是镜泊湖的诱人之处。当地的朋友让我驾驶快艇，我告诉他，我连车都不会开，能开快艇吗？朋友笑着把方向盘给我，我觉得脚下一使劲儿，湛蓝的湖水展向天边，一平如镜。朋友告诉我，镜泊湖南北长 45 公里，东西最宽处 6 公里，是全世界第二大高山堰塞湖。

我开着快艇在用力呼喊，喊的是：镜泊湖，我爱你。朋友在我旁边哈哈地笑。真的想这么喊，因为当人贴近自然，贴近养育你的山水之中，就有这么一种呼唤。这里看不见人造的房子、人造的景观，我沐浴在镜泊湖水里边一片恬静，只是嗅到了树木的清香，水珠的清润。在镜泊湖百里长湖之中，山中有湖，湖中有岛。我驾驶着快艇在朋友的指点下在岛湾错落处，观赏着四周峰峦叠翠，景色清秀。水面上的行进，能看到古迹隐约闪现，好像时空跳跃，回到了古时候。在湖的尽处，忽然感觉到风凉了许多，发现山上的树叶中有的变成了橘黄色。朋友解释给我，那就是秋天的景色了，有的树叶就这么短，从绽绿到黄翠，也就是两三个月。你要是 9 月份来，正是镜泊湖最有层次的季节，能尽览春花、夏水、秋叶、冬雪于一湖。返回时，是我朋友驾驶，落日在天际舍不得落下，把一片金银撒在湖面上，溅起了一片片玉片。那气势轩昂的大孤山，那精巧别致的珍珠门，那形神兼备的毛公山，还有那壮观的吊水楼瀑布，我感叹着，镜泊湖真不愧是一颗璀璨夺目的明珠。

初夜，我们漫步在镜泊湖畔。整个湖面似乎睡着了，安静得让人心跳都能听见。我站在湖边没有再走，因为安静让我有了内疚感。多少时间没有这种安静感觉了，似乎一直在忙碌着，甚至连脚步都不想停。忽然给了你这种安静，甚至连山风都不刮了，只有鸳鸯、苍鹭掠波低翔，喷溅出一道道水带。我和朋友们谁也不说话，谁都知道不能破坏了这种静谧。

湖的那端是一片片山峦，夜色中还有一缕夕阳镶嵌在那里，看得见密林深处有几户人家还亮着灯等着我们欣赏。我问朋友，那里住着什么人呢？朋友说，就是当地的居民。我在想，他们一家家住在这里，一年四季享受着这份宁静，过着捕鱼的生活，日落日出，无忧无虑。可能他们不知道我们城市生活的焦虑，或者堵车或者因为房子和孩子、票子纠结。风把天上的云彩吹得一块儿也没有，像水洗的一般。我坐在湖畔沙滩上，听着潺潺的水声，把脑子里的急功近利一点点儿地挤走。风吹动着我的头发,补充着我脑子的空间。我的心开始平静了,像是人到一面镜子里,感觉到眼前的叠叠层层的青翠在风声和水声中逐渐消退。

有人在山坡那端唱歌,歌声很清晰地敲打着我的耳朵,显得很悠远,也很出情。风慢慢来,云悄悄散去,月亮出来了,月亮就是一个圆盘,你端着它可以喝酒,举着它可以当鼓敲。月亮是你的妹妹,不管你爱不爱她,她都离不开你……

听完我的心动了,特别莫名其妙地希望有一个美丽女人在我身边。我再看夕阳还没褪去的湛蓝湛蓝的天空,觉得一切都模糊了。

妈妈，开门

闺女前不久去了英国伦敦培训，觉得是件好事，送她走的时候高高兴兴。可几天过后在一个半夜骤醒，想起来闺女不在身边了，便很是怅然。因为习惯闺女在身边，说说笑笑，一起看电影，一起吃饭。我们还一起写话剧，然后一起去看自己写的话剧。闺女是个开心果，她总是能给你带来快乐。我高兴了就把她搂在怀里，感到周身的温暖。可闺女去了英国，就有了失落感。于是开始想给她打电话，可电话关机，闺女说到伦敦去办一张新手机卡。每次打电话都有闺女接，即便手机关机了，可以给她住的地方打，即便没人接，我也能找到她。后半夜没有怎么睡，就想着闺女联系不上了。我把这件事说给朋友们听，都说不能理解我，一个月就回来了，不至于这么想不开吧。我的一个朋友，闺女在美国，一去就是 5 年。他对我说，你一个月就这样，那我闺女走了 5 年怎么办?

闺女回来以后，我们又开始说说笑笑，又开始筹备看话剧。她对我说，在伦敦看了十多部歌剧，每次看的时候都想起我，说爸爸要是在这一定会陪我去看。那天，闺女在微博上给我传来一组采访，都是明星大腕，说起他们思念父母的感觉。其中有两个人说的让我动了感情流了眼泪。一个男明星说，他父亲病危，大夫说没有几天了。父亲拉着他的手恳求着，说你能不能再守我三天？男明星为难地说，我要去云南拍戏，如果三天不去，人家就要停下来损失太大了。父亲哽咽着，我每天给你一千块，三天给你三千，你陪我三天行吗？男明星为了工作，转天匆匆就去了云南。三天后，传来噩耗，父亲去世了。男明星说到这实在说不下去了，内疚在脸上蔓延着。另一位女明星说，她每天都给妈妈发短信，因为拍戏很紧张，几个月也见不到妈妈一面。有次，她拍完戏就马上收拾行李回家。快到家的时候，她给妈妈发了一条短信：妈妈，开门。后来，妈妈对她说，你给我发的短信我留不住，但只留着你一条短信永远不删，那就是妈妈，开门。我看了也流泪，能让妈妈开门，是做儿女的多大幸福呀。因为，你发出来以后，是妈妈给你开门，是一张慈祥的笑脸，是一碗热腾腾的小米粥，是一连串的温馨，是拉着你的手的母爱。妈妈能开门，也是多么幸福，因为儿女给你发了短信，让你开门。你打开门，看到儿女扑过来，喊着你妈妈。于是你心里在陶醉，在享受着天伦之乐，是叨叨，是挂念，是你跑到厨房去做饭，然后和儿女坐在一起吃着聊着喝着美着。

我现在想我父母都是很遥远的事情，母亲去世二十多年了，父亲也离开我十多年了。我记得母亲走的时候，攥着我的手不松开。我记得父亲弥留之际，眼睛始终看着我，尽管大夫推我出来说是要抢救，但父亲的眼睛也没离开。我现在也想给母亲发个短信，说，妈妈你开门，儿子看你来了。可是短信发给谁呢，没有人给我开门了。我也想给父亲发个短信告诉他，他惦记的孙女已经长大成人，但我发给谁去呢。今天我依然想念他们，因为他们对我是最无私的，除了他们很少人能这样。我已经是孤儿了，但很正常，我都快六十了。我羡慕跟我岁数一样的人还有父母在身边，真是幸福无比，因为你什么话都可以给他们说。我的一个朋友母亲患病，他对我说，我的心在疼，因为我一直在瞒着她。因为我每次回家，都是母亲开门，即便母亲病重了，举步维艰，也是硬撑着把门开开。我在微博上写了对妈妈开门的祝福，不少微博朋友都回话，昨天我回去了，也给妈妈发了短信：妈妈，开门！

天鹅泪

前不久去蓟县采访，闲聊中听到这么一个动人的故事。

于桥水库是天鹅每年向南迁徙的必经之路。据说天鹅迁徙的过程中，从空中向下观望，如果下面的地形发生了变化，比如盖了不少房子，比如挖了不少河沟，比如水面被土地挤压了，比如湖畔的植物带缩小了，都会毅然决然地不停留，继续寻找新的迁徙地。每年深秋的于桥水库都会有成群结队的天鹅在这里嬉水吃食，然后补充身体的能量，再继续朝南飞。这么多年下来天鹅没有改变在于桥水库停留的历史，这说明于桥水库没有发生以上的变化，让天鹅群能够放心地飞下来，然后休养生息，在清净的湖水里看到漫游的小鱼。

可前年深秋一个傍晚，一只天鹅吃了有毒的玉米粒，奄奄一息，发出一阵阵的哀号。很快，另一只天鹅闻声跟过来，在这只天鹅前焦急地徘徊。据当地的人对我讲，肯定是一双相爱的天鹅，中毒的是母的，另一只围绕在跟前的就是公的。很快，一群天鹅抖着翅膀飞过来，在观望着，更准确地说在等待着什么。蓟县爱鸟队的人随着天鹅的哀号赶到了，那么多的天鹅把目光都集中在他们身上，特别是那只公天鹅朝着这几个人求救，声音很是凄楚。于是，蓟县爱鸟队的人把中毒的天鹅慢慢抱起来，然后搂在了怀中。我好奇地对这个人询问，你抱着这只中毒天鹅是一种什么感觉？他感慨地对我说，抚摸它的羽毛才知道什么叫华贵，我不断抚摸着，试图安慰它，我们会救它。其他的朋友开始给附近医院打电话，然后张罗车辆。这时候，我看见在黑暗中我怀里的那只天鹅流出了眼泪，我当时惊呆了，感觉到手里这只中毒天鹅的分量沉甸甸的。我们爱鸟队伍开始迅速乘车向附近医院驶去，我回头看，那只公天鹅一直在拼命追赶着我们，那群天鹅也开始慢慢起飞，在我们汽车的上空徘徊着。

我被这个故事所触动，特别是后来在医院抢救的这只中毒天鹅，大夫和护士们马上给它灌肠、排毒。一两个小时后，这只中毒的天鹅被抢救过来，眼睛里依旧流着感激的泪水。爱鸟队伍再度把中毒的天鹅送回到于桥水库，又一次到了那个湖畔。那只公天鹅还在煎熬中等待着，看到爱鸟队伍把中毒的天鹅送到跟前，两只天鹅重新相聚，两颈相绕，欢喜相鸣。中毒的天鹅一次次试图飞起来，但因为刚刚排完毒力量还不够。我听蓟县爱鸟队伍里的人说，天鹅起飞不是我们想象的那样容易，说起飞抖抖翅膀就展翅高飞。它们也需要一个如同飞机的起飞姿态，慢慢地努力地朝上飞，是一条大斜线。终于，那只中毒的天鹅飞起来，那只公天鹅紧紧守卫在身边。两只天鹅在于桥水库上空盘旋着，在寻找着自己的队伍。起初飞进了一群天鹅队伍又冲出来，大家知道它们飞错了。后来，一群天鹅鸣叫着飞过来，两只天鹅认出是自己的家族就融合进去。天鹅群没有马上飞走，而是俯冲下来朝爱鸟队伍盘旋着感谢着，然后才慢慢消失在茫茫夜色里。

我离开前问爱鸟队伍里的人，你们因为什么去于桥水库呢？他们告诉我，就是想到湖畔检查有谁故意丢下中毒的玉米粒，等待着要吃天鹅肉。我问，那你怎么能分辨哪个是有毒的呢？那人叹口气说，能有谁把好端端的玉米粒朝那里扔呢，分明就是一个陷阱。我在愤恨之余想到，那些天天想吃天鹅肉的人必定是过着猪一般的生活，因为天鹅肉是不能吃的。我深深地朝爱鸟队伍鞠躬，能让天鹅流泪的正是他们的爱心，让天鹅群在他们上空盘旋感谢是对他们最大的褒奖。

昌都笔记

我们一行从西藏昌都的邦德机场走出来，就看见清澈的蓝天，还有漂浮的白云，你就觉得好像能伸手够着。邦德机场是世界上海拔最高的机场，达到4200多米，过去是一个军用机场，随着西藏的飞速变化，改造成民用机场。戴上洁白的哈达，喝罢了青稞酒，就开始四天的"文化志愿者春雨工程边疆行"。

我已经是三次入藏了，但还是头次到昌都，三次入藏都跟我的职业公共文化服务有关系。昌都地处横断山脉，金沙江、澜沧江、怒江三江流过，素有藏东明珠的美称。汽车穿行在两岸的高山峻岭之中，我看见刚才还有说有笑的团员们都不怎么说话了，喘气开始困难。到了中午吃饭的地方，这是一个能鸟瞰昌都城的高坡，绿草茵茵，泉水潺潺，主人在草地上铺上毡子。我们吃着吃着就顺势躺在地上，看到蓝天像一床硕大的被子盖在我们头顶。在几天的昌都之行，蓝天白云就是这么忠实地守候着我们。

说来，西藏昌都是天津的对口援助地区，天津前前后后分了好几批干部、几百人到这里工作。我们不论到了哪里，说起是从天津来的，当地人都笑吟吟的，说知道天津，我们这的谁谁就是天津来的，可好着呢。陪伴着我们的是一个从天津港务局来的领导，已经到这三年了，再有一个月就回天津了。在车上在宾馆在饭桌，他一直滔滔不绝地讲昌都的历史和现在，如数家珍，而且记忆力惊人，当地人都笑着告诉我们，"他比我们都了解昌都”。我们快走的时候才知道，他的心脏搭了支架，本来应该能回去，但他坚持不走，说这里是我第二个家，既然是家，为什么要走呢。我们在江达县的一所中学演出，看着黑压压的几千观众，我就担心市杂技团的两个演员怎么办，走路都困难，说话都费劲，海拔三千八百米的缺氧环境，演出真是到了极限。其中一个女演员表演转毯，看着两脚两手的四只毯子飞转，台下的观众掌声如潮，我就一直盯着她，发现她下台时一直扶着自己的头，走路已经不那么轻盈。听后台的人说，她下来就站在那走不动了，大口大口地喘着气。可观众已经被下一个节目吸引，根本看不到她痛苦的表情。上车的时候我看见她，她正快乐地跟当地人挥手告别。我曾经想说“坚持”两个字，后来觉得这个词汇不适合，因为不是坚持的事，是一种投入和奉献。当地人第一次看我们表演杂技和现代魔术，看得津津有味，那眼神那掌声就是一种无形的鼓舞。

我在昌都新建成的图书馆讲课，这个图书馆是天津帮助盖成的。坐在讲台上，我觉得头开始发晕，讲课的时候本来记得很清楚的东西变得模糊了。我知道这是缺氧造成的，于是我努力控制着自己，台下上百人专注地看着我。记忆和模糊对抗着，因为我没有讲稿，只能靠自己的努力完成。当我讲到藏族舞蹈的变化时，情不自禁地走到前台开始跳起来，大家笑着鼓掌，我跳完了踉踉跄跄走回讲台，就开始喘起来。当我走下讲台时，主持人问我是不是需要吸点氧，我回答，感情战胜了理智。

那天中午，我们吃饭，忽然推过来一个小车，车上有蛋糕和蜡烛。我迷惑中得知今天要给我过60岁的生日，英俊的康巴汉子和美丽的藏族姑娘用藏语、汉语和英文给我唱生日歌。我在切蛋糕时眼睛湿润了，因为这个生日在昌都度过，是我一生的最大幸福。

离开昌都时，我感到最大遗憾是没有听到藏族史诗《格萨尔王》的演唱。格萨尔王在藏族传说里是莲花生大士的化身，一生戎马，扬善抑恶，弘扬佛法，传播文化，成为藏族人民引以为自豪的旷世英雄。在《格萨尔王传》这部伟大的史诗的字里行间，流露出藏汉民族之间亲密友好的感情。而昌都就是《格萨尔王传》中《桨巴》所记述格萨尔与炯巴人为争夺食盐而发生交战的地方，有神秘的大脚印，有着曲折多舛的传说。当地人告诉我，下一次再来会听到的。

坚持了才能看到好风景

读一个新闻,说国外有一人无意发现了隔层,看见里边有一只壁虎被一个钉子钉在了左脚上。据他认为这个房子是他十年前搬进来的,那就意味着壁虎被钉了十年无法动弹,那怎么活了十年呢。他悄悄观察,发现另一只壁虎坚持给它送食吃,就说明另一只壁虎给这只被钉住的壁虎送了十年的饭。这人被感动了,他把这个被钉子钉住的壁虎放生了,看到两只壁虎悄然离开。他问别人,壁虎做到的,我们人行吗。

记得那年去黄山,开始的时候天空晴朗,万里无云。当地人开玩笑说,难得你们碰到这么好的天,顺利的话,三个多小时就能登顶成功,看到好风景了。我们轻松地开始攀登,没想到在半山腰就看见天气大变,乌云瞬间就压上来,还没准备什么大雨就砸下来。有很多人选择避雨,或者干脆找缆车站。有个当地人看了看天气对我们说,这雨不会停,估计得下几个小时。我们没有犹豫,我想既然老天给了我们选择,我们就义无反顾地接受挑战。在雨中,我们唱着歌,艰难的地方我们手拉着手往上爬。快到光明顶时,太阳从云缝里挤了出来,洒下一片灿烂。我们到了光明顶的时候正是下午五点钟,夕阳西下,山下云雾缭绕。大家被这美丽的景色所震撼,甚至高兴得蹦了起来。我环顾四周,见光明顶上的游人并不多,问了当地人都说,因为下雨,能登上光明顶的人不多。这时候,我想起了这句话,坚持了才能看到好风景。

天津有个诗人叫柴德森,按照辈分我喊他叔叔,因为他跟我父亲曾经是同事。在他患绝症的最后一段日子,我去看望他。他骨瘦如柴,我心里很难受。可他却谈笑风生,跟我说起他随着铁路勘察队员深入到大兴安岭和长白山的经历。他对我感触地说,或许和他的名字有某种牵扯,他热爱森林,如同热爱自己的生命。森林从外表可以给人以震撼和启迪,但真正置身在里面,其艰苦是令常人难以想象的。气候无常,往往一天有四个季节,热得能让你体验出进蒸笼的感觉,而冷时又好像推你进了冰窖。他说,在深山里一走,几百里见不到个人。沼泽幽幽,不小心就会失足落水。晚上住在帐篷里,睡在行军床上,冷得不行,就下床原地跑,直到出汗为止。这一切,柴德森都顽强地挺过来了,他说好多次想撤回来,但他坚持住了。他曾被草爬子咬过,这小东西虽然只有指甲大,周身都是爪子,就这一口足让他疼痛了好几天。他对我激动地说,正是因为我面对艰苦的环境坚持下来,成了我以后创作的巨大加速器,它既给我提供了丰富的素材,又给了我锻炼的极好机会。没有那段时间的坚持,就没有我创作的爆发。他握着我的手说的这些话,一晃他去世4年了,还在我耳边回响。

我一个朋友因为喝酒时跟邻桌发生纠纷,失手把对方打成重伤。在监狱的这些年,他的新婚妻子一直鼓励他,说,你放心,我等你出来。朋友实在不忍心让一个妙龄的女人就这么活生生等着,多少次跟妻子说,还是离婚吧,对你对我都有好处,也省得我惦记你。十几年过去了,妻子一直没有改变等的初衷。就在他快要出来的时候,听到了消息,妻子忽然喜欢上另一个男人。结果他提出跟妻子分手,妻子对他说了一句话,真对不起你,我没等到你出来这天,你不要怪我。朋友没说什么,可他心里怨恨,想你都等了我这么多年,我就要出来了你却和我离婚,他无法接受。

坚持了,要看怎么坚持,为什么坚持,只有选对了才能看到好风景。

艺坛杂笔

相声不是那么简单

对于相声来说我就是爱好，真不是行里人。可就是这个爱好能让我说话比较自由，因为人家没有看你是行里人，你说对说错都不落包涵。前不久，看了几场中央电视台举办的相声大赛，想法很多。平心而论，好的不多，贫的不少，有意思的不多，浅白的不少。这说明相声表面在繁荣，而内涵实际上讲在蜕化。其关键问题就是传统和继承出现了问题，听到或者看到不少人都以为不学传统照样逗大家乐。

千万不要把相声看得太简单了，太容易了。我听到有的相声演员私下聊天，就觉得传统不传统的不重要，你会说多少传统段子也没必要这么积累，关键是你上台能不能把观众逗乐了，这是最关键的，成败在此。也有人说什么台上十分钟，台下十年功，未必如此。说某某大师的孙子也就十几岁，台上的功夫了得，那就是天赋。我听完这句话真觉得可怕，应该有人出面说这件事，就怕再不说就更加衰落。说相声是需要基本功的，我承认有天赋，但天赋不等于就不要基本功了。我看到这次比赛的有些演员在唱上的基本功就很差，学唱评剧，听完完全不是评剧。有的演员说贯口，快倒是快了，可所有的节奏都不对，话含在嘴里，那还是贯口吗？我们听马三立老先生的《夸住宅》，那些贯口就像是聊天，朗朗上口，一点也不卖弄，说贯口说得脸红脖子粗，即便说得好也是失败的。

相声应该有些情节，或者说有故事在里边。优秀传统相声讲故事很突出，比如相声大师张寿臣的《小神仙》，还有侯宝林的《夜行记》。有故事，也有人物，这就是传统相声结构的两大优势。这次听的相声大赛，很多段子都是小段集锦，没人物，没故事，没有垫话，也没有高潮，当然更没底了。专业组表现得尤为明显，一看就是在为央视春晚选节目，选手们都是奔着春晚的路子去功利性地表演。表现的手段不多，做鬼脸，出怪相，还有别的招吗？过去听相声，当场笑完了以后，转天想起来还想笑，这包袱就是一响到底。比如马三立说的小段《找牙》、《追人》等。相声之所以会有今天的萎缩，个中原因很多，其中相声创作严重不足经常被排在第一。这次相声大赛的举办初衷是好的，可是精品相声少是大家普遍的一种看法。与之相对应的是相声创作人才的大量流失，目前全国专业的相声作家不到十人，且大多已改行从事利润高的电视剧本的创作，真正潜下心来搞相声创作的人少之又少。相声创作在近十年的过程中不住地滑坡，跟不上时代，远离社会。为了迎合所谓的观众，朝纯粹的娱乐化和商业化发展。也许更重要的原因是相声在适应时代发展的过程中，没有处理好继承与创新之间的辩证关系。最逗的就是相声不逗了，表演超越了创作，这就造成了两败俱伤。一段相声如果不能让台下的观众发出笑声，是失败的相声。这次相声大赛的掌声多于笑声就是个例证。其实，能让观众捧腹大笑的包袱一定是深刻的，是高于观众想象的。

传统相声有个叫《大改行》，内容其实很悲哀，但却能让人笑得倒在地上。你不能不说创作者的匠心，是哭的说成乐的，这就是反其道而行之的收获。而当前的相声创作能做到这一点的微乎其微。现在的相声之所以不能吸引观众，就在于没有精品。可能是我爱相声才这么说，按说人家央视搞相声比赛为什么，不就是想让相声发展下去吗？就算我是鸡蛋里挑骨头。

相声杂说

近年来，对我国相声艺术的评价各异，有说不景气的，但更多的认为走出了低谷。尤其在天津，由于小剧场相声的崛起，老中青三代形成良好的阶梯趋势，开始在全国走红票涨。但是仍然感觉新作越来越少，好作品凤毛麟角；题材狭窄，创作和表演的风格单调。平心而论相声再度兴起，是源于文化娱乐业的迅猛发展，年轻人开始回归传统艺术的需求。面临着这么好的市场，相声艺术本应该更好地抓住机遇，可是过于急功近利，或者说文化的积累又不够扎实。我们清楚地看到相声的表演在走向做作、空洞和庸俗。参与相声创作大都是演员本身，就总体而言则显得生活底蕴不够，即便是对传统相声的整理和挖掘，也考虑更多的是技术性的包袱，而较少对生活底蕴进行开掘。一般情绪的宣泄取代了对艺术的抒情，琐碎生活事例的罗列取代了对艺术形象的塑造。就相声本性而言，是以讽刺见长的，但由于创作意识和观念的模糊，讽刺变得极其粗浅直露，习惯了拿自己找乐。

当前，相声创作的贫乏与观众欣赏水平的矛盾日益突出。相声拥有的观众人数及其演出获得的掌声，往往又使某些相声演员局部性地陷入了一种盲目的乐观，掩盖了相声依旧不景气的内质。现在全国专业相声作家不过十几个人，这与观众对相声的需求量很不相称。于是每年上演的大量相声逼着演员自己来写，他们应接不暇地去各小剧场演出，往往只看到生活的表面现象，难有时间对社会生活深入了解，这就很难产生上乘之作。相声作家梁左英年早逝后，姜昆的相声就很难有佳作问世。而高英培和范振钰的去世，也使得相声作家王鸣禄失去了合作对象，寂寞了许多。

观众需要相声精品多些再多些，而实际情况却是千呼万唤出不来。除此外，相声创作的低稿酬和几乎没有著作权的局面，也在一定程度上影响了相声作者的创作积极性，使相声的发展滞后于时代。在市场经济条件下，鼓励相声创作，在要求创作者保持高度责任感的同时，应运用经济杠杆，让那些辛勤耕耘的相声创作者能够得到应有的物质回报。在这个基础上，鼓励相声创作，振兴相声艺术才能落到实处。其实，相声演员写相声，有别人不可替代的优越条件。他本身就是演员，有舞台表演经验，又是身历其境，自然知道什么时候观众会笑，怎样写包袱才“脆”，等等。相声演员写相声，是内行搞创作，往往会出精品。当然，这里仍有个创作者深入生活，观察生活，研究生活，进而凝练生活，提高生活的问题。否则，浮于表面，缺乏生活深度，缺乏提炼能力，缺乏思想力度，刻意为笑而笑，一味哗众取宠，同样会走向自己的反面。就像有些电影导演自编自导自演的一些电影一样，最后只能臭了自己。相声演员写相声，是一个大大的富矿。可惜，这个富矿还没有被人们充分认识，也没有被相声演员充分认识。

据了解，北京周末相声俱乐部论坛让赵大年、刘恒、黄宗江、邓友梅、梁秉堃等 8 位文化界名人齐聚一堂，“说”了一场别开生面的相声。俱乐部当场聘他们为文学顾问。主席李金斗笑言，有了这些文学顾问，相声俱乐部以后的发展就有了后台。作家刘恒提出，电视在迅速普及相声的同时也放大了相声的缺点。一个中等水平的相声演员在电视上频频露面必然被观众记住，名利双收；而一个非常有才华的相声演员如果拒绝电视，他有可能永远默默无闻。他在一针见血地指出当前相声为什么让观众已经不再有期待的同时，总结出搞好相声的两个关键。

一个是创作好的作品，再一个就是造就好的演员。天津文联连续举办全国新相声作品大赛，然后请知名演员对号入座，就是证明这两个关键。

也许更重要的原因，是相声在适应时代发展的过程中，没有处理好继承与创新之间的辩证关系。相声评论家张蕴和认为，当前不少相声虽然在形式上有所创新，但欠缺的是文化积淀，内容庸俗，语言乏味，让人们连听的耐心都失去了。现实本身就是对相声界轻视传统而又未能进行有效创新的一种惩罚。认真剖析传统群口相声中马三立、郭荣启、赵佩茹合说的《扒马褂》对人物的刻画，对夸张的把握，对讽刺的入木，当今没有再能复制。还有张寿臣的单口相声《小神仙》栩栩如生的故事性，前后衔接的抖包袱，现在也很少看见。相声作为幽默艺术的一种，纵然是侯宝林大师说的那样“有五千年文化做后盾”，但在当今娱乐方式林林总总、千花怒放的今天，早已不是昔日那朵一枝独秀的花了。相声今天所遭遇的一切，只不过是它在文艺繁荣的时代重新回到了本来所应在的位置。

我听李金斗说过，相声不景气的原因，无非是拿它与刚粉碎“四人帮”时相比。那会儿全民有怨气，相声短小精悍，一说特痛快。现在进入到正常生活，就不能天天骂人了，况且现在大家都搬到远离市中心的地方住，吃完饭再换衣服出门坐车听相声，不实际了，一般就只是在家跟电视较劲了。可现在又有了变化，那就是青年人开始喜欢走出家门，到小剧场去听听相声。当然不是为了图教育，而是为了开心。现在工作压力很大，节奏也很快，各种心理疾病在悄悄蔓延。听相声就是为了解压，这就造成了观众群里的知识高了，挑剔多了，笑声难出了。也对相声演员造成了极大的压力，你能不能把高学历的人逗乐了，或者说你能说什么让这些人开心了。相声是喜剧艺术，一段相声如果不能让台下的观众发出笑声，是失败的相声。我曾经陪着外地的朋友听相声，听完后他比较失望，说，天津的相声不像外界说的那么好。段子不好听，尽要贫嘴，不逗乐也不深刻。我不太服气，再问他，你别光说不好听呀，你说问题在哪？他说，很多相声作品内容庸俗，语言乏味，不是隔靴搔痒，就是牵强附会，甚至脱离实际胡说八道，一眼就能看出演员缺乏生活积淀。

现在的相声之所以不能吸引观众，就在于没有精品出现。这两年我也看了不少小剧场相声，新作品不多是现实，更多的是说传统段子。很多演员把传统段子穿衣戴帽，里边杂糅着很多自己并不成熟的东西，或者拿微博和社会流行的笑话当作料。我感到比较可怕的是黄段子越来越收不住，能说得你坐不住。当然，我看到不少女孩子听完不脸红还哈哈大笑，就更窘迫了。有内行的朋友对我说，别这么正经，说些黄的荤的没什么大不了，人家观众来就是听黄品荤的。过去老艺人不也是说黄的吗，又不是我们现在才说。我不敢苟同，不否认老艺人在那种社会中说黄的，可那是生活所逼。但那时老艺人还是以德行著称，凭的还是吃张口饭的本事绝活。现在中青年相声演员还需要牢固的传统基础，没有这个基础是说不出好相声的。没有传统基础排出的新相声也会变味、变种。我认为中青年相声演员起码要掌握传统相声三十个以上，这还要包括说学逗唱四门基本功的段子。不能翻来覆去就是那几段，自己上台说着都腻。听到有个别年轻相声演员有点儿名气后，曾经得意地对别人显摆，说相声就是这么一回事，靠我这张脸就能逗笑了，不是你们说的那么费工夫。无论如何，我想相声演员还要多读读书，古今中外的，砸砸文化的夯。我看过一些年轻相声演员微博，感觉他们已经注意到这一点。现在相声演员实际上是两拼，一个是拼文化，另一个就是拼传统基础。

相声的传承基本上就是师傅带徒弟，口传心授这个现实是无法更改的。上世纪 60 年代以后，开始有了几期相声学员班，现在则有了冯巩办的相声大专班，特别是天津艺术职业学院培养出了很多相声的新生力量。但其中存在的问题是学员学得不扎实，老师传授的也是浮皮潦草。传统相声会的太少，实践的地方也不多。我觉得小剧场的兴起给新人提供一个实践的地方。相声人才并不缺，重要的是他们怎样真正地去学习。所谓师傅领进门，修行靠个人。为相声的长远发展计，还应采取措施理顺作者与演员之间的关系，合理分配演出收益以调动相声创作者的积极性，最好是形成市场化运作模式。不能谁说的段子火爆，就不问青红皂白拿走去说，这就是恶性循环。有的相声演员在这个小剧场听别人说完了，转到另一个剧场就说出来。多么火爆的段子也经不住这么折腾胡来，迅速的传播也造成包袱难抖了，因为观众都知道了。我以为应运用经济杠杆，让那些辛勤耕耘的相声创作者能够得到应有的物质回报。在这个基础上，鼓励相声创作，振兴相声艺术才能落到实处。

现在一些相声充满了小品的因素，渐渐失去了相声传统本色。如果相声为了短暂发展和提高收视率去取悦一部分观众，而失去其本色，这无疑是相声的悲哀，也会使真正热爱相声的观众远离相声。相声就是站着这么说，靠着两片子嘴把观众逗笑的，如果介入这个，运用那个，在短暂辉煌后将会是相声真正败落的来临。

在相声创作上，作家与相声的混搭是一大特色。在现代相声发展史上，一般都是相声演员自编自演，像张寿辰、马三立不说，后来的郭德纲也是不用别人写，自己编完自己演。可这样对相声创作就限制了，相声演员毕竟不是作家，摇笔杆子不是他们的强项。说起来作家介入相声的很多，比如天津的何迟，他是剧作家，而且是一个大剧作家。何迟给相声名家马三立写了很多相声，比如像脍炙人口的《买猴》。他的相声创作立意深邃，触入角度新颖，社会性极强。一般相声演员受自身文化阅历的约束，是难以创作出来的。我接触过何迟先生，聊起天来很温和，语调也显得谦恭。可你看他的文章也如相声，犀利而又幽默，鞭挞的不良社会倾向准而狠，有些像美国的作家马克·吐温。可惜何迟因为身体的缘故去世较早，他的后人曾经是我的下属，但至今不辞而别，不知去向。何迟的墓碑距离我亲人的很近，哪次清明去扫墓都要在他遗像前默默站一下。无独有偶，我去扫墓的时候还要去拜访另一个故去的作家，他叫刘梓钰，是天津艺术研究所的所长，他虽然是作家，但也热爱写相声，不少相声演员都喜欢找他要作品。他因为患胰腺癌去世多年，他的墓碑就是何迟的邻居。我哪次送鲜花时都要预备多束，让这两位作家的墓碑有点姹紫嫣红，因为他们生前都喜欢热烈的颜色。

再如老舍，他从美国回来以后也写了不少反映现实的相声，他写的相声与他的小说一样，充满了对北京大街小巷的热爱，尤其是对北京方言情有独钟。侯宝林等大师说他写的相声，但听说都要重新梳理，完全按照老舍的相声原本去表演，台下的观众就笑不起来了。梁左是另外一个典型，他也是一个剧作家，像全国首部情景喜剧《我爱我家》就是他的一个经典剧目，现在很难再有新的剧目超越他了。梁左最大的功绩就是对相声创作开创了一个先河，就是把文学和相声嫁接，用传统的相声手法表现后现代文学的主题。

天津小剧场演出市场的前前后后

我们到丽江会有《丽江印象》，去杭州会有《杭州印象》，在桂林会有《印象刘三姐》，不叫什么印象的会有武夷山的《大红袍》。那么来了天津会看什么，特别是京津城际开通这几年后，如何把这两个特大城市的文化旅游紧密联系在一起，更是值得探讨。天津到底在京津双城记中如何找到文化旅游的位置，天津与北京相比，又有哪些文化演出市场的特色优势，这些已经成为天津文化旅游亟待思考的问题。

天津的小剧场曲艺可以追溯到清代，至今有二百多年。其实那时不叫小剧场，而是称作茶楼。随着茶楼在天津的日益兴盛，设备日益完善，其中有东马路袜子胡同的庆芳茶园、侯家后北口路西的协盛茶园、北大关金华桥南的袭胜茶园和北门里元升园的金声茶园津门四大茶楼崛起。但保存至今的仅剩下金声茶园一家，也就是现在鼓楼里边的元升茶楼。上个世纪的二三十年代，随着南市商业聚集区诞生，一批小剧场应运而起，一批有声望的相声演员和鼓曲演员开始崭露头角。比如张寿臣在南市的通海茶社的亮相，博采众长，匠心独运，大胆创新，取得了卓越成就，成为我国相声艺术界重要的代表人物。相声名家侯宝林也是在南市的燕乐茶楼登场，一炮走红。京韵大鼓几大流派刘宝全、白云鹏、张小轩在燕乐茶楼都有过不同凡响。天津的小剧场曲艺一直延续火爆到了“文革”前夕。粉碎“四人帮”后的文化繁荣也最早出现在南市的小剧场，群星、淮海等开始复苏相声和鼓曲，马三立、郭荣启、骆玉笙、阎秋霞等回归小剧场。可惜随着市场经济的不断推进，在2008年4月11日，一名工作人员搬出了剧场最后的物品，并顺手拉下卷帘门，从此曾经名人汇聚的老南市百年燕乐剧场关闭了大幕。

这几年，天津加大了对文化演出市场的投入，使得具有“曲山艺海”之称的天津在全国有了显著位置。这里最突出的应该是具有非常宝贵及独特的曲艺传统，尤其是相声，越来越多地被认识，被渲染。随着这几年天津茶馆相声的名声大振，去天津听相声赏鼓曲的观众越来越多。著名相声演员于宝林和冯宝华率先在十年前重新打回小剧场，天津茶馆相声应运兴起。当然这不是偶然的，有几个重要因素。一是传统的市场很雄厚，天津人到茶馆看曲艺、相声已经有200年的历史，形成了特有的消费人群。二是距离有同样文化传承的北京太近了，北京听不到的，在天津能听到价格便宜且原汁原味的相声鼓曲。三是现在的演出市场活跃，好节目接踵而来，天津老百姓已经有了买票去看演出的习惯。四是去小剧场方便，能跟演员近距离接触，喝茶聊天，丰富生活。五是天津有了一批能够在小剧场登台的演员队伍，老中青三结合，并且拥有了喜欢自己的观众群。

在北京，小剧场的曲艺演出场所大体在十家左右，比较热闹的超不过七八家。除了德云社以外，更为响亮的团体还不算多。湖广会馆过去能经常欣赏到相声和鼓曲，可现在大部分都是京剧表演，相声和鼓曲已经被边缘化。很多观众纷纷跑到天津寻找传统文化，欣赏原汁原味的相声和鼓曲。在北京，小剧场话剧越发繁荣，几十家同时演出，每年能更换几十个新剧，白领充实着观众，民营剧社喜笑颜开。北京外来人口的增多，传统欣赏文化的习惯在减弱，现代化、多样化的演出也削弱了相声和鼓曲的根基。在苏州，能够经常演出评弹的小剧场超不过三四家，而且谁去了给谁演，客人一走演员坐那干等。但在天津小剧场相声和鼓曲十年间发展得越来越多，比如名流茶馆、天华景、谦祥益、中国大戏院小剧场、明月、西岸相声会馆、大金台、金乐、同悦兴、元升等，现在滨海新区也开始出现小剧场的相声演出。目前全市应该能达到上万人到小剧场看相声和鼓曲。小剧场的票价也不算太贵，每位观众 20～60 元不等，茶水另收费，但可自带零食，茶水质量逐步提高，可以说是物美价廉，但现在有提高的趋势。如果小剧场的票价抬高过快，也要引起警惕，因为天津喜欢相声和鼓曲的观众消费承受力是比较脆弱的。有一家小剧场曾经斗胆提高到了 80 元，很快就显得冷清许多。不论怎么说，天津人几百年的码头文化根深蒂固，对小剧场相声和鼓曲情有独钟，土壤肥沃，传承扎实。

天津小剧场的经营也是五花八门，有单位出面经营的，也有承包给个人的，更多的是个人经营，西岸相声会馆是企业和政府携手。天津相声广播的有力介入，形成一种独特的经营方式。天津的小剧场设施还算是舒服，环境比较干净，只是演出环境和氛围还需要梳理，在小剧场喊什么的都有，台底下的比台上的热闹。天津有个振北曲艺团，他们有自己经营的明月小剧场。这个小剧场就有一个好的环境，老观众多，票价定得低廉，一年四季总是有演出，相声鼓曲戏曲，刮风下雨都没有停歇过。著名相声演员马志明有时也过去票几段，唱的都是他喜爱的白派京韵大鼓。他之所以去就是因为喜欢那种浓郁的鼓曲氛围，还有那可爱的观众。谦祥益坐落在红桥区的估衣街，借助着这块老牌子塑造了老茶楼的特色，有前厅，也有候场，很是受演员和观众的追捧。名流茶馆的建设速度也很快，几年间便有了三处演出小剧场，都在市中心，连锁经营。有自己的团队，也有自己的管理分配办法。西岸相声会馆环境就比较舒服，坐落在人民公园里边，装修古朴典雅，民族韵味浓郁。天华景有着百年历史，在繁华的劝业场楼上，应该得天独厚。人流多，老户多，自然就有了天上曲艺的感觉。和平文化宫的小剧场也很有环境营造能力，周边挂着的都是京剧脸谱，干净敞亮，有一种皇族茶楼的气派。评书名家刘利福在这说拿手绝活《聊斋》,有老辈陈世和的风范,观众很是踊跃。

天津小剧场过大年,除了除夕到初五这几天封箱,剩下的就是天天演出。天津人的小剧场有着天津人解不开的情结,这也是一个欣赏传承,祖辈这么看过来的,怎么也割舍不掉。说起小剧场的服务,天津的软实力还没充分体现出来。听老人讲,过去的天津茶馆服务人员跟观众熟悉到都能喊出名字,服务得很舒服,跟到了自己家一样。现在怎么能服务好,谁去服务好,怎么能与台上的演出相融合,确实已摆在天津小剧场经营的重要课题里边。

天津的小剧场向来是要走平民路线的,但随着天津文化地位的迅速提升,以及旅游市场的迅猛发展,小剧场的演出要有前瞻,要学会和研究吸引观众的手段和方法,针对不同的观众群体,可以纳入更高端、更丰富的消费方式。小剧场的经营,也不能完全靠个人,也要有政府和企业或者民间几方面的投入或者股份制等市场办法。北京朝阳区文化馆的京剧小剧场就是政府和几方面的投入,成为北京的一个文化演出独特景观,国外的游客络绎不绝,需要提前约定才能看到,而且观众走进小剧场,从演员化装起就开始欣赏,安排和设计十分独到,把一个本来我们十分熟悉的京剧添置得有了新内容和新形式。

现在,市曲艺团和市艺术职业学院开始介入到小剧场的演出,他们可以按照自己的艺术思路和规划去演出,去发展更大的空间。比如天津曲艺团的张楷、王哲、王莉、冯欣蕊都是在全国有影响的鼓曲演员,这么强的阵容在小剧场演出应该说在全国都不多见。而籍薇、刘秀梅、郝秀洁等更是闻名遐迩,一位来自广东的曲艺观众看完后激动不已,说是饱了一辈子眼福。今晚大舞台算是个小剧场,能有 400 多个座位,观看环境会比其他的茶馆显得正规,而且灯光音响也都很现代化,听众的耳朵和眼睛都很舒服。但如何能吸收小剧场的曲艺的优势,怎么能和旅游部门协商，争取北京更多的观众到小剧场里来观看演出是很重要的。这里不光是演员的问题，还有老生常谈的服务和环境包装，不能一桌好菜卖不出好价钱，最后跟驴打滚一个价了。目前小剧场的相声鼓曲演出团体十分广泛，仅相声就有曲艺团、哈哈笑、众友、名流、九河、天广乐等十几个，汇聚着足有几百个演员，由老一代相声演员尹笑声、黄铁良、刘文步、张奎清、佟守本、邓继增等领衔，又有尚处在艺术高峰期的佟有为、马树春、郑福山、赵津生、杨威、于浩、袁春起等坐镇，后边的裘英俊、于丹、刘春山、许建、李梓庭、孟令一等一批青年相声演员众星捧月。天津小剧场相声的师承关系很清楚，几位老前辈都在认真地传教徒弟，非物质文化遗产的传承作用很有示范性。比如著名相声演员魏文亮和刘俊杰收徒就有几十个，大部分在小剧场演出，成为中坚力量。他们中不乏真心喜欢相声艺术，终身想在小剧场从事这个职业的有为青年演员。

但现在也面临着问题，就是新作品少，传统作品的整理和翻新贫乏，翻来覆去就是那么十几个段子，不能满足观众的欣赏需求。再有就是还有脏活荤活夹杂着，尽管有笑声，但也给我们带来忧虑。还有日益旺盛的送花篮模式，公允地说送花篮补充了小剧场的经营不足，给演员带来不菲的效益。但副作用也很明显，就是铜臭味道越发浓重，花篮成了某些演员的追求目标，观众纯粹观赏的味道在悄然变异。据不完全统计，全市有几十家民营剧团展现在小剧场舞台，相声居多，鼓曲偏少，但现在也有上升趋势。从鼓曲上升能看出观众欣赏口味的多样性，而且欣赏鼓曲的年轻人居多，京韵大鼓、梅花大鼓、单弦等受到欢迎，这就给小剧场的曲艺舞台带来变化。今年，天津电台文艺台在谦祥益做了两场鼓曲专场，很多中青年鼓曲演员张口就能唱出地道的韵味，而且流派纷呈，台下的观众也如痴如醉，显示出天津传统文化艺术的底蕴十足。

天津几十家小剧场的兴起，使广大市民尤其是曲艺爱好者有了固定的欣赏场所。天津民营剧团孵化基地也在努力推动公益性的演出，受到了市民的广泛赞誉和欢迎。今年有将近万名观众免费观看了民营剧团在小剧场组织的相声、鼓曲演出，使他们在享受艺术，感悟美好生活的同时，也有了展示自身艺术才华的机会。在民营剧团的带动下，有一大批文艺爱好者登上小剧场舞台，积极参与到剧团的排练演出活动中，展现了民营剧团“平民文化平民爱”的又一艺术特点。可喜的是，除了曲艺团外，其他专业剧团也慢慢渗透到小剧场演出，这就提高了小剧场演出的艺术性和观赏性。

天津小剧场演出面临的最大问题，就是资源很散，各自为战，甚至互相扯皮，更有甚者实行了打压。当然票房的压力，储备资金的薄弱，管理人的视觉局限，都给经营者带来难题。怎么整合小剧场演出的资源，怎么能形成一种连锁演出的趋势，是摆在我们面前的问题。天津的小剧场的优势很多，但都是分散的，没有在全国出名的品牌，没有专门为小剧场策划和指导组织。应该努力树立品牌，打造出名的小剧场，推出小剧场的名演员、名剧目。现在杭州、武夷山、桂林、西安、丽江等都有这方面的组织者，低成本高运作，营销手段丰富多彩，成为吸引人的演出项目。那么，天津的小剧场由谁来操作？现在各区搞各区的，全市大盘没有统一的策划和科学安排，政府介入的扶持力度尚未显现，这都是发展的瓶颈。前不久，市文联组织了小剧场的相声展演；天津群众艺术馆和红桥区文化部门举办了全国小剧场新相声作品比赛，收效都很明显。这就给我们一个启示，怎么能够集中优势打好歼灭战，怎么能互相补台，互相协作，资源共享，确实是发展天津小剧场演出的一个重要环节。再有令我们担忧的就是正经八百的相声表演在小剧场受到排挤和冷落，正像有人说的那样，不说低级下流的言辞，现场效果肯定没有那些满嘴下三路的演员的效果好。台上一喊“爸爸”，台下肯定异口同声地答应。一沾黄色段子、低级趣味、下三路，肯定台下“咦”声一片。

于是有不少观众问，难道这就是当今小剧场相声应该面对的观众吗？难道这就是听相声的观众应有的素质吗？当然，这只是个别现象，但如果不加以引导和管理，只怕是会蔓延出来，再梳理就困难了。

观光在北京，休闲在天津，这应该成为天津未来发展的城市文化主要定位及主旋律。城际铁路的开通，固然为天津小剧场演出发展提供了一个千载难逢的转型机遇及高效催化剂，不过，这也是个“放大镜”，更多的游客涌入天津的同时，城市各方面需要改进的地方还有许多，比如说对小剧场的周边布置，对演出广告的常规化和步骤化，对宣传的艺术推介力。休闲在天津是需要兴奋点的，小剧场不能成为小气候，要做出大文章。没有能留住客人住两三晚上的好去处，没有一系列丰富多彩让人流连忘返的小剧场演出，何谈休闲两字。

跟谁好就写谁

常听到一些文友谈小说创作,谈来谈去就是一个字,编。就是怎么编得好,编得跟真的一样。有的还解释,说小说创作就是一个编,编得要有一定道理,跟真事一样,就跟小学生作文一样,编好了编圆了就是高分,编差了编薄了就是低分。

我承认小说是编出来的,但编只是一个技巧或者重要因素。小说编是个表层,内涵必须建立在真实的基础上。这个真实或许是你的感受,或许是你的素材,或许是你亲身体验。我写作的原则就是跟谁好就写谁,这阵子我和几个文友写有关五大道的电视剧,写了几个月就跟五大道亲密上了。我的工作单位在五大道的睦南道,天天下班就爱骑着自行车在路上闲逛,欣赏五大道的每一个独特景观,经常与游人乘着马车或三轮车邂逅。文友五大道专家金彭育给我讲解过发生在五大道的故事。1920 年后,张爱玲居津大约 6 年,其居所位于香港道 61 号。1923 年,马场道上的法国天主教会的天津工商学院建成,内有中国最早的博物馆北疆博物院。1926 年,英租界内的民园体育场建成,由英国的奥运会冠军李爱锐亲自设计,被称为中国的斯坦福桥。1934 年,吉鸿昌住进五大道的牛津别墅开展革命活动。1935 年,侠女施剑翘来到五大道世界里,这是她母亲的居所,11 月 13 日,在天津老城厢佛教居士林,三枪射杀了孙传芳,这便是轰动全国的血溅佛堂。1938 年 6 月 27 日晨,时任耀华中学校长的赵君达因有反日言行,在五大道被日本特务枪杀。1940 年，金融家胡仲文、陈亦侯在天津五大道的永定里，策划了保护清宫十六只金编钟，1949 年 1 月 18 日，这是天津解放的第三天，他们将冒着生命危险而保护下来的十六只金编钟，上交军管会，现在北京故宫博物院珍宝馆展出。正因为有了那么多的精彩故事，给了我们编写反映五大道内容的电视剧的丰富素材。

我当初写作时也是想靠编发家，想起那时的写作状态都好笑。躲在家里完全杜撰，跟自己的生活和实践一点关系都没有，编得昏天黑地的。如今再想想，自己现在创作的作品，人物和事件与当初完全不同了。知道写作不完全是杜撰的，要喜欢上自己写的内容，要动用你搜集的真素材，动用你积累的真感情。只有这样你才能找到创作的真实感觉，让读者阅读你的作品产生真实感受。

前几年，我写检察官生活的长篇小说《城市猎人》。在炎热夏天着笔，到落叶铺满地的深秋完成，感到像脱了一张皮，浑身没有了弹性。因为，我把力量都吸纳进小说里，把生活激情也融合进小说里。我写到主人公检察官郭文良因与腐败斗争而在车祸中壮烈牺牲，泪水也流在电脑键盘上。我知道，我是喜欢上了我笔下的检察官。我到一家检察院体验生活，采访一位年轻检察官。一个铮铮的东北汉子，长得威威武武，他给我留下刻骨铭心的印象。后来，我在塑造郭文良这个角色中，他的影子总在我眼前晃动。你跟他在一起，会感到一种精神的支撑，能让你热血沸腾。如果我是个犯罪嫌疑人，面对他会感到自己卑琐和龌龊；如果我是个胆怯的人，面对他会感到自己变得高大坚强起来。写作不是靠你胡想乱想，想得让人觉得不可信。我写检察官，是我去体验生活，与主人公一起生活一起工作，和他交上朋友。

写作就是这样，喜欢谁写谁，写谁更会喜欢上谁。其实写作也有杜撰，但要明白怎么去杜撰，杜撰什么能打动人，能让人喜欢。你对你的写作都不喜欢，或者你写谁都不喜欢，那怎么能让读者喜欢你呢。

太平歌词依然有人爱听

相声很早就被列入到国家“非遗”项目里了，当然，北京和天津是两个传统的大本营。在相声中，太平歌词一直是重要的表现一环。相声本身说学逗唱四门功课，其中的唱，包括开场小唱等，比如地方小曲，十不闲，怯大鼓，莲花落，数来宝，竹板书，其中太平歌词是唱的重要表现手段。我有幸在上个世纪 80 年代的初期，记不得在哪个曲艺剧场了，欣赏过马三立、郭荣启、常宝霆合说过的传统经典《扒马褂》，一开始就唱的太平歌词，当时就觉得很新鲜，也很好听。那时，我在市群众艺术馆曲艺刊物当编辑，有次在后台听几位老相声演员聊天，说着说着唱起了太平歌词，你一句我一句的，好像在回忆传统小段。看着他们回忆的过程就是一种享受，觉得每一段唱起来韵味都很浓郁。记不清楚哪个老相声演员对我说，“文革”就不让唱太平歌词了，一搁就是十年，再不唱就都忘了。随着时间的推移，越往后听到的太平歌词就越少，不少年轻的相声演员偶尔在台上演唱，一听就不是那个味道，感觉是在卖弄。其实，太平歌词的曲调并不丰富，但唱起来很难，拐来拐去的音调很难拿捏好，而且用的鼻音还很重，但就是那鼻音增添了优美的音律。

北京海淀区的曙光街在 2009 年开始申报太平歌词，后来被正式列入第三批非物质文化遗产名录，王双福为太平歌词的传承人。王双福是武警文工团的快板、相声演员，其父是著名相声太平歌词演员王本林，以前就在天津红桥区的相声队。王本林演唱的《单刀会》、《层层见喜》、《火烧绵山》等节目深受观众的好评。北京太平歌词"非遗"获得成功,这样就给天津带来了压力。因为天津的太平歌词从历史上讲就实力雄厚,人才济济。但在近几年中有被边缘化的感觉,有人唱,但一直都裹在相声里边,没有把它作为一项主要的表演展示出来,给人的印象是高峰期已经过去。再加上太平歌词存在着语音单调,就造成了不好唱、唱不好、不好听的现实。如果不把太平歌词单列出来,如果不马上继承发展,如果没有人站出来积极响应这件事,就有可能濒临着失传。更让我担心的是,有些有影响的中青年相声演员开始把太平歌词拿出来演唱,但听完之后就觉得只是模仿,不少观众误认为这就是太平歌词,于是有热心者就跟着传唱,越唱越不是那个意思。

我不是曲艺圈里的人,但做着天津的"非遗"工作,又喜欢曲艺并且研究曲艺,深感到必须要把天津的太平歌词申报成"非遗",然后借助这个平台去研究去扩展去产生影响。于是就跟周边的人呼吁,希望有人能站出来响应。和平区一直是曲艺的老家,过去的和平实验曲艺团名家荟萃,而且他们对"非遗"很重视。这时候就有人说到了佟守本,还有人说起刘文步。我跟和平区"非遗"中心一说,他们也很热衷。确实,北京申报了太平歌词,这也给天津带来推手。我和佟守本相识,跟刘文步也熟悉,特别是佟守本对太平歌词更是如数家珍。说起来,佟守本和刘文步都跟太平歌词老前辈杨少奎有渊源,杨少奎在相声界是公认的太平歌词演唱大家。这就是有了继承的前提。说起来,两个人联袂申报"非遗",在曲艺的"非遗"申报中还比较少见,因为相声界里清规戒律比较多,单打独斗的比较多,联合在一起的比较少。但佟守本和刘文步做到了,两个人虽然不在一个曲艺团,但为了太平歌词一起上台演出。不管捧逗关系,为的都是让太平歌词作为"非遗"能够保留下来,并且发扬光大。天津相声人有人品,是有文化情怀的。为了老祖宗的玩意儿,为了能让太平歌词代代传下来,牺牲自己不算什么。

佟守本对我说过，太平歌词依然有人爱听，还有不少年轻的观众。佟守本这句话给了我一个莫大鼓励。他下定决心深入挖掘、继承、整理，把传承太平歌词的事情认真做起来，算一算，从他 1963 年学习太平歌词到 2013 年已经整整五十年了。他坚持凑集整理太平歌词的段子，坚持了五十年，谈何容易。现在会唱老段子的人越来越少，能唱好老段子的人更是寥寥。于是他就查阅资料，多少年过去了，整理的资料已经有了规模，例如《饽饽阵》、《劝人方》、《嫌贫爱富》、《金石良言》、《阴功报》、《江湖人告苦》、《汉高祖追张良》、《孟姜女哭长城》等。为此，佟守本整理出版了一本传统太平歌词的汇编，大大小小上百个段子。应该说这本太平歌词的书籍难能可贵，应该说佟守本对太平歌词的传承有了一个交代。记得那天和平区举办"非遗"展示演出，我在天华景剧场看了佟守本和刘文步合说的太平歌词，一板一眼，一字一句，一调一腔，都显示出很强的功底。

前不久，我在北京碰见相声名家师胜杰，听他演唱了一段他父亲师世元创作的现代作品《刘胡兰》，这一段当时也是流传甚广。师胜杰手拍着桌子当着板，唱得起承转合，荡气回肠。他说起太平歌词也很有感情。他说当时他的父亲创作了不少太平歌词，而且到处演唱，给他留下深刻的印象。现在如果再不保留下来，或许就保留不下来了。我也曾经听过相声名家马志明演唱太平歌词，说实话真是好听，韵味十足，对那些说太平歌词不好听的人来说就是一种纠正。我祝愿天津的太平歌词能申报国家级"非遗"项目，让北京和天津的太平歌词两翼齐飞，把这个传统项目做好做大做强。

如痴如醉的京韵大鼓

京韵大鼓虽然姓京，可开花结果都在天津。

都说京韵大鼓是来源于木板大鼓，但京韵大鼓的兴起是因为有了刘宝全，应该说他是一个开创之人，把底层的大鼓上升到了一个雅致的阶段。刘宝全的段子走向了中华文化的传统经典，比如取材于《三国演义》的就比较多。骆玉笙可以说把京韵大鼓在天津发挥到极致了，在刘派的基础上形成了自己的风格。她的《剑阁闻铃》、《丑末寅初》都是家喻户晓的精品，她的弟子陆倚琴、刘春爱等都成为了国家级非物质文化遗产的传承人。而第三代的冯欣蕊也崭露头角，业余的骆派演员也比比皆是。

京韵大鼓的刘派、白派、少白派、骆派在天津都有继承人，这刘派就是刘宝全、白派是白云鹏、少白派是张小轩。应该说白派和少白派以及后来的骆派都是在刘派的风格上各自发展的，那么刘宝全就是最大的主脉。几派在天津都有过不同凡响，都有代表作，都有丰富的群众基础。而且都有他们的几代传承人，形成了众星捧月的场面。天津的刘派在上个世纪五六十年代，包括到了改革开放初期，都保持着强大的阵容。比如小岚云、侯月秋、林红玉、桑红林、小映霞等一批技艺超群的演员，她们的曲目丰富多彩，演唱光彩照人。记得在前年，久违曲艺舞台的小映霞在中国大戏院上台时，尽管已经快深夜了，但观众没有走的。年过八旬的小映霞头顶满头白发，唱的是拿手好戏《闹江州》。还没唱完就已经淹没在观众的喝彩声中了。

到现在的张秋萍、杨凤杰，都还在舞台上展示着风采。白派的阎秋霞可以说是一个高峰，她的演唱把白派推到了广阔平台，特别是把古典文学中的精粹《红楼梦》的有关段子演绎得如醉如痴。现在较有影响的王莉已经成为白派的第四代传人。可惜，名家赵学义去世较早，在舞台上再也听不到她的《孟姜女》了。

怎么喊起了“苍孙”

冯小刚在电影里喊出了“苍孙无限好”的话，还在电影里做了解释，“苍孙”就是岁数大的男人。几个朋友议论这是不是新的流行语，或者说北京的老话。我跟相声界的人比较熟，也听到了他们之间说的不少春典，也就是相声行里自己的对话方式，不想让别人知道。

那么，“苍孙”是我比较早听到的相声春典里的一句话，解释与冯小刚所说大致相同。那么，形容老年妇女就是苍果。年轻女人叫果实，年轻男人叫孙食。更年轻的女孩子叫撅铃铛。我曾经听到两个老相声演员完全用春典对话，有的能听明白，有的就一头雾水。后来，我在北方曲艺学校讲授相声常识，看到课堂的孩子们都能说春典，而且说得很流利，让我很惊诧。下课时，我曾经问他们，怎么学这么多的春典？孩子们骄傲地说，喜欢，比外语有兴趣。不久前，我到威海开会，看到一个曾经在天津北方曲艺学校毕业的学生。我无意中跟他说了一句春典，说的是你置储了吗？也就是说你挣钱了吗？这个毕业生兴奋地对我说，您会春典？我不好意思地说，就几句。于是，这个毕业生滔滔不绝跟我说起春典，满脸通红。后来，他说，终于找到能说春典的了，毕业后没人说就一直想说。我很奇怪，难道春典有这么大的语言魅力，没机会说就会找人倾诉。

后来，我曾多次跟相声界的人聊天，都说起春典。有几个老的相声演员不以为然，说学这么多炉灰渣滓有什么用，把本事放在表演上多好啊。我曾经对这种看法表示支持，确实看到不少年轻的演员对春典格外青睐，不分什么场合就爱显摆，也表示自己学了多少。可一到台上就见傻，没了台下那点机灵劲儿。但久了我也琢磨，其实相声界的春典也是一种非物质文化遗产啊。不应该摒弃，应该留下来研究，它也是丰富的语言素材。我们研究它怎么产生的，后来又为什么流传，它的弊端在哪，它的利处在哪。

有次，我和一些相声演员去吃饭，在饭桌上，他们谈起春典，说不应该全抛弃掉。比如在台上演员表演时间长了，那么台侧提醒一句，撅着使，这句春典就是告诉他压缩时间，别拖了。如果台下的接替演员还没准备好，台上的演员还不能马上下来，那么台侧的人喊一句，海着使。台上的演员就明白还下不来，需要再延长表演时间。如果台上演员的声音小，台下的观众听不到，台上的演员又没理会，台侧就会喊，长吭。那么台上演员就明白了，嗓门儿立刻提上来。这些春典也就使得演员之间有了独特的交流，外行人也不知道说的什么。我看到一个场面，组织者给相声演员发劳务费，每个人给的都不一样，特别是外地和本地的就差价不少。于是，演员之间用春典问给了多少，春典里用言语都能把数字说出来。大家对照完了以后，找到组织者，说，你们这种把演员分成三六九等太不好了。我看到组织者很狼狈，他悄悄问我，我就在他们跟前，没听到他们互相问啊，他们怎么知道分的钱数啊？我说，春典。

每个行当都有自己的言语，只有他们才能懂得，其实这也是一种表达，也是一种祖上传承下来的宝贝玩意。我不太喜欢冯小刚把相声里的春典搬出来，成为公开化的东西，给相声行当保留一种神秘，一种只有他们自己之间才能交流的语言，也很有民族性。

拉拉杂杂聊曲艺

天津的曲艺,如果说现在能在全国有优势的话,或者还能在茶馆里活跃的话,不完全是相声,还有鼓曲和说词。

我这几年,由于工作的关系,常在各种茶馆欣赏专业和业余演员的表演,那是一种享受。我最喜欢京韵大鼓,尤其爱听传统的段子,如骆派代表作《剑阁闻铃》、《丑末寅初》、《红梅阁》,刘派代表作《战长沙》、《李逵夺鱼》,白派代表作《探晴雯》,等等。

我有幸和骆玉笙交往过,多次欣赏到这位当代曲艺大师的演唱,那真是韵味浓郁,而且具有中国传统文化内涵的高层次。我能完整地演唱下来她的《丑末寅初》,哪回在文化界聚会时,大家都让我"票"一段。我在"丑末寅初,日转扶桑,我猛抬头,见天上的星,星拱斗斗和辰……"的唱腔中,体味出曲艺的魅力。现在,天津骆派可以说是人才济济。有中年的陆倚琴和刘春爱等,也有青年的冯新蕊,更有年少的李响等。业余的骆派优秀演员也相当不少,至少能搞一台骆派专场晚会。

天津的刘派京韵大鼓,自从小岚云去世后,像她这样出类拔萃的继承人不多见了。我在现场听过小岚云演唱的《逼上梁山》,气势磅礴,绕梁三日。在纪念她艺术成就的研讨会上,我甚至提出,小岚云的演唱已经超过她的前辈刘宝全,引起与会者的争论。目前,天津的刘派尚有张秋萍,她的高音很好,只是行腔稍欠些,但在全国也是首选了。业余里唱刘派的不少,比如韩梅,她演唱宋勇创作的《深圳行》就很有特色,扮相也漂亮。此外,男演员已经显露出风采,比如赵桐光的唱腔处理,就显得细腻而委婉。

对于白派,倒是兴旺。虽然阎秋霞去世,可中年演员赵学义和青年演员王莉已经深受观众欢迎。白派不好唱,因为它的腔调不丰富,旋律性不强。业余演员唱白派的也不乏其人,如男演员李树盛,他能大段大段地演唱长篇白派大鼓,还有新人王惠。我看韩梅和王惠演唱的对口京韵大鼓《将军泪》,刘派和白派都相得益彰,高亢和秀美融合,有滋有味。

说起天津的梅花大鼓,我不太喜欢听,主要是不如京韵大鼓典雅,上下句重复。可天津的梅花大鼓在全国没人可比,屡屡获奖。尤其是籍薇,再有一批年轻演员,如王哲和王莹等。那年在北京,看了王莹的一台专场,北京许多曲艺名家去捧场。王莹是个业余演员,可她演唱的梅花大鼓字正腔圆,落地有声,赢得全场观众的喝彩。只可惜没有为她创作出叫彩的作品,从这点说,天津的业余曲艺创作,偏重说词,而在唱词上成功的作品凤毛麟角。可喜的是宋勇开始从相声转向唱词,两段京韵大鼓选材立意都新颖独到,给人留下深刻印象。

说起唱的曲种,天津的单弦在全国也是独树一帜。刘秀梅能演唱一个专场,每一段都有自己的独特艺术处理,她的演唱有变化但不离起祖,而且在表演上有匠心。青年演员陈宝萍也后来居上,嗓音和韵味都不错。可惜的是天津时调,王毓宝的继承人寥寥,高辉很少登台,而后面的刘迎虽然嗓音甜润,但韵味儿总觉得差点儿火候。去年,业余演员梁淑华登台演唱不同凡响,高腔挺拔,掷地有声。说起唱的,要说张楷的河南坠子,我在中央电视台上看过她演唱的《偷石榴》,觉得唱出了自己的风格。我和张楷很熟,她知道用功,她在北方曲校学习时,文学底子打得牢固,所以她的演唱就融入了文化在里面,人物丰满,语言有了背景。

在天津的说词方面，快板书是强项。李润杰去世后，张志宽成为出色的接班人。而业余有一批对专业形成强大的补充，像宝刀不老的张万年以及新秀宋志宾。宋勇、郑文昆等行家的创作，也为快板发展增添了亮色。而深受喜爱的天津快板，河东区文化馆的刘德印特色明显，火爆，风趣，热烈，观众叫好。只是山东快书，在天津显示不出什么力量来了。相声就不说了，我观看了市群众艺术馆主办的一台原汁原味的传统相声晚会，一千多观众在三个小时精湛的演出中没有几个起堂的，最后站起来用热烈的掌声谢幕，这是近年少有的，也说明相声在天津有所回升。这得给相声一个轻松的氛围，反过来也要相声演员多创作些优秀的段子。这方面丁润洪和赵宇、于浩等人显得尤为突出。天津的曲种丰富，而且演员一代接一代，再加上众多的业余演员作为后盾，这是其他城市难以抗衡的。

说的这么多，难免挂一漏万。公允地说，天津对曲艺的评论还不够，尤其是业余曲艺的评论很少有专家顾及，也希望能加强。

邓丽君给我的难

有的事情可能遗忘，有的事情终生不会模糊。我说的就是1984年，那年我刚31岁，正是改革开放后处于亢奋期，觉得什么都新鲜，什么都想看看。一次，一个朋友神秘兮兮地给我看了一盘邓丽君在台湾演唱会的录像带。朋友可能看了很多次，表情比较淡定。我第一次看到那么漂亮的歌手演唱我从来没有听到过的天籁之音，完全被看傻了。我突然觉得怎么能这么唱歌，怎么能唱得你骨子酥酥的，神经被麻痹，不能控制。我最爱听的就是《月亮代表我的心》，还有翻唱版的《何日君再来》。我知道后一首是批判很久的靡靡之音，因为很多电影里只要有国民党溃败的场面时，播放的都是这首歌。录像带播放完了，我很久没有再说话，朋友拍了拍我的肩膀，问，醒过来了吗？

两天后，我磨着朋友给我复制了这盘邓丽君在台湾的演唱会录像带。朋友紧张地对我叮嘱着，就自己看，千万别再给别人看，出事了你可别说从我这复制的。我忐忑不安地点头许诺，绝对不会给外传，绝不给你找麻烦。朋友惶惶地看着我走了，我到家就接到他电话，听说现在正查邓丽君的歌呢，我可是冒着危险给你的。我再次答应，可没几天就变卦了。因为回家再看这盘录像带，觉得美妙无比，陶醉起来手舞足蹈。我拿着这盘带子到了单位，偷偷约了几个人在一间小黑屋里观看，大家都跟我一样的愕然，接着就是一片啧啧声音，没有人走动，生怕把这动人的歌声吓跑了。结束后，我跟大家一再约定，不许外说，谁说出去谁就是叛徒。大家都表示不会说，把这美妙的声音埋在心里，回家对老婆不说，对孩子不说，对朋友不说。大家信誓旦旦地走了，我就觉得前额都是汗，我好像看到朋友责怪我的目光，我预感自己要惹祸。于是我也像朋友那样，挨个给看的人打电话，语言就是朋友叮嘱我的重复。

没多久，东窗事发。我一个朋友也跟我一样忍耐不住，给他的朋友观看。于是他的朋友复制了这盘录像带，又在另外一个地方组织人观看。很快他的朋友被人举报，一查询就轻而易举地到了我这。有关方面开始天天找我谈话，询问我这盘录像带从哪来的，我不能出卖我的朋友就硬撑着。我还理直气壮地讲邓丽君歌曲的好听，人家给我拿出来一份禁止的单子，上边明确说明《月亮代表我的心》和《何日君再来》是黄色歌曲，是典型的靡靡之音。我知道我的死期到了，开始一遍遍地在会上检查，但哪次都被认为不深刻，觉得我没有从内心检查出来这么喜欢的原因。跟我一起看的人都过关了，只有我还在检查不过关。好心人告诉我，你就说你有不健康的资产阶级思想，或者说腐朽糜烂的个人享受主义。我不服气，我认为我不是这样。处分下来，我被撤销一切职务。

一年后，也就是1985年的夏天。我听到台湾歌手奚秀兰在北京首体举办音乐会，就演唱《月亮代表我的心》，竟然还有《何日君再来》。我疯狂地跑去，坐在首体的最后一排。当奚秀兰唱起《月亮代表我的心》时，我突然埋头哭起来。陪我去的朋友深刻地说，80年代一定是中国变化最快最解放的岁月，你小子走运赶上了！

另一只眼看舞蹈节

——写在天津市第五届舞蹈艺术节开幕之前

在繁花似锦的春天，舞蹈艺术节的举办，成为了一场艺术盛宴，成为了天津舞蹈界的节日。

我认为，一个文化品牌的诞生是有标准的，其中有三：一是举办次数要在五届以上，让时间印证活动的持久性。二是要有叫得响的优秀新作品，眼前一亮的新人才。三是产生广泛影响，波及面广，成为老百姓喜欢的活动。这三个标准让天津舞蹈艺术节全占齐了。舞蹈本来是一个有局限性的艺术表现形式，它需要参与者的文化基础以及审美艺术。舞蹈艺术节的受众面狭窄，很可能做着做着就成了小圈子人的事情。但是天津舞蹈艺术节居然就活了，几万人表演，意味着十几万人观看。从广场舞蹈到国际标准舞蹈，只要是能跳的都尽情地展示，或者说在陶醉。高雅艺术的舞蹈跳进了千家万户，那一刻的享受成了众多人的期盼，这还了得。

我有幸参与了前四届的艺术节，与众多的舞蹈家和舞蹈精品在这里相识。我曾经欣赏到了中国五大芭蕾舞团一起飙艺，联袂展示中国芭蕾的力量。内行看门道，外行看热闹。我先前看舞蹈，觉得它表达方式很简单，其实细琢磨，舞蹈是很复杂的一种艺术表现形式。舞蹈者必须掌握技巧，因为技巧也是舞蹈的灵魂。与其说是在欣赏舞蹈艺术，还不如说在欣赏技巧。这个技巧常人做不出来，舞蹈者却娴熟地在舞台上做出来了。那一次集中展示的芭蕾技巧,让我感叹。这些顶级的芭蕾舞演员用高超的技巧宣泄一种动感和美感,而且他们把技巧重新翻新梳理,令人耳目一新。天津芭蕾舞团表演的三人舞《女儿心》和现代芭蕾舞《挣脱》、《五彩缤纷》就是例证,除了精湛的技巧以外,有思想深度,内涵也极为丰富,很有回味。第三届舞蹈节开幕式,我在八一礼堂看到了满场的观众,甚至很多人在站着,场内的服务员无法让这些舞蹈迷离开。舞台上集聚了近年来在国内外舞蹈大赛中荣获大奖的精英级舞蹈家,满台星光灿烂,他们表演功底扎实,个性突出,艺术魅力十足,使观众如醉如痴,大开眼界,演出中掌声不断,气氛热烈,高潮此起彼伏,很多人都站起来鼓掌。观众的喝彩声很奇特,不同于京剧和相声,震耳欲聋的尖叫声能让人窒息。

值得一提的是天津的舞蹈精英,在第四届舞蹈艺术节上,张晶晶在《梁祝》里把表演变幻成倾诉、一种升腾。她在传统的芭蕾表现形式里糅进了现代技巧,传统性与时代气息相融。张望舒等表演的《兰花花》没有更大的跳跃和深度的技巧,就是用民族民间的步伐、身姿、手势去体现,在细微之处传递一种韵律,她率领着大家把肢体每个部位都支配得十分自如和谐。把富有中华民族细腻的情感活脱脱洋溢在舞台上,张扬出一种鲜活的生命力,也孕育出追求纯洁爱情的主题。

天津舞蹈艺术节不仅是专业演员的圣地,也是业余舞蹈者的天堂,群众舞蹈一直都是艺术节的主力军。红桥区的老年舞蹈《老朋友》曾经演出上百场,数字惊人,去过北京,上过央视,这说明群众舞蹈来自群众,又为群众所喜爱。当音乐响起帷幕拉开,蹦蹦跳跳上场的是 12 个手提鸟笼子的老大爷,齐刷刷地吸引了全场观众的眼睛!观众由好奇到兴奋,掌声不断,笑声不断。舞蹈的主题很简单,也很鲜明,就是表现了老人爱自然、爱生活。反映杨柳青年画的舞蹈《盛世丹青》也是如此,杨柳青年画本来是个静止画面,怎么能让它通过舞蹈复活就是对编导的考验。编导徐乃华给静止的杨柳青年画赋予了生命，死变活，变出了一种浓郁的情感。舞蹈的主题新颖，把大头娃娃演变成鲜活的灵动生命，重构生命的基因。舞蹈的表演不复杂，技巧都在动与不动的交替和演绎上做文章。表演者出神入化，不动为杨柳青年画的造型，一动就是人物，两者自由跳动，都在表演者手上身上眼中。观众看得明白，悟得透彻，完全被独特的表演所感染。选择这种表演形式，就把编导的意图灵活地表达出来。

我曾经和天津的舞蹈专家张金禄聊天，他说，上个世纪 80 年代初的天津舞蹈还是默默无闻，或者说在全国舞坛动静不大。自从有了舞蹈艺术节的举办，天津的舞蹈有了展示的舞台。经历过天津的四届舞蹈艺术节，给我一个感触就是天津的舞蹈有了比较深厚的文化底蕴，有了文化的符号和味道。说起来张继刚能成功，杨丽萍能脱颖而出，都得益于其自身的艺术修养。有的舞蹈演员跳了几年就不能再跳了，有的舞蹈演员却跳了十几年或者几十年，这里除了身体条件差异之外，背后最主要的是文化修养的区别。我接触过不少天津舞蹈界的编导，有老一代的，更有年轻的一代人。他们对舞蹈的理解都很深刻，尤其是年轻的一代编导，不少从北京舞蹈学院专修回来，眼界开阔了，理解丰富了，知识积累了，就有了好的节目搬上天津舞蹈艺术节。舞蹈如同中国的武术，到了一定的层次，简单就超越了复杂，内容就代替了形式，真可谓"四两拨千斤"。现在不少舞蹈作品在模仿，而不是去把舞蹈最平凡、最单纯、最基本的创作元素化为自己所有。有人模仿朱自清散文《背影》的味道，学得天衣无缝。可你一读就能判断这不是出自朱自清之手。舞蹈的创作是不断变化着的，变化才带来生命力。每一届的天津舞蹈艺术节都在翻新，就是把全国最好最富有创新力的节目拿到舞蹈艺术节上展示。让观众每次都能看到最新的最好的，这就是艺术节能长久持续下去的主要原因之一。受益的是天津舞蹈界，得到实惠的是天津老百姓。如果节目形式总是雷同,或者人家一看就知道老一套的舞蹈炒冷饭,艺术节的发展就存在危险了。基于这种原因,辽宁芭蕾舞团就曾经为艺术节带来当年最富有魅力的民族舞剧《二泉映月》,演员们优美的舞姿、精湛的技艺,为观众创造了令人陶醉的欣赏意境。经过多次加工的天津舞剧《精卫》也是率先亮相,剧情更加生动感人,尤其是多段双人舞的表演观赏性很强,以实力展示了国内一流舞蹈艺术团体的风采。

“文学是人学”,其实舞蹈更似人学。黑格尔说过,创作是心灵的外化,是把心灵的东西借情化而显现出来。天津舞蹈艺术节开拓了自己的表现领域,所参与的节目题材更广泛,情感更浓烈,把许多过去不可思议的领域挖掘出来,而且把时空的变化充分调动起来,把不可能的事情变成可能的舞蹈艺术。有的作品已经超越舞蹈本身,达到一定的思想深度和广度。生活与观念从来都是中国艺术家创作心态的两极,舞蹈编导们不停地奔走于两者之间,努力地拉近艺术与生活、艺术与观念的距离,从而使舞蹈创作的观念与意识发生了质的变化。

我不太懂舞蹈这门深邃的艺术,只是用另一只文学的眼睛来欣赏舞蹈。我发现文学给读者带不来的艺术享受,舞蹈带来了。看到的舞蹈激情能让你血液沸腾,得到的舞蹈浪漫能让你回味无穷,领略到的舞蹈享受能让你夜不能寐。我曾经多次去过舞蹈排练室,每一个成功的舞蹈作品起码得在排练室熬过寒冬或者酷暑。天津芭蕾舞团的排练就是这么残酷,汗水会洒满整个房间。

每次观看舞蹈艺术节的开幕式,最后谢幕的时候都是大家围在一起,演员们在音乐声中再次出场,重新表演节目的华彩篇章,观众会站起来长时间鼓掌。我为天津舞蹈艺术节叫好,期待舞蹈艺术节更精彩!

天之阔　舞之广

世界上总有些人不明白别人是怎么活的，也苦于别人不理解自己是怎么活的。时间久了就厌倦了自己，似乎可以证明自己什么都是对的。树动是因为有风，风动才会树动。究竟怎样才能很好地生活，很简单，当你站在阳光下，看着一群美丽的人们载歌载舞，你就会突然觉得暖融融。于是，你就情不自禁地加入进去，跟着跳舞，跟着唱歌，你回头看身后自己的阴影，会惊奇地发现阴影越小，你拥有的阳光越多。

记得几年前，我到深圳参加全国“群星奖”的比赛，吃完晚饭后就想去逛街。深圳是一个商业化极强的地方，晚上霓虹灯的斑斓，摩天大楼的宏伟，小轿车的穿梭，都标志着一个现代化城市的崛起和成熟。深圳一位出版界的朋友陪着我，感叹地说，现在最不好出的就是书籍，物质的享受升级，导致人们越发意识到金钱和权力的重要。于是不知不觉，看书的人少了，书店也在锐减，像是雨下少了，沙漠就开始逼近。我接着他的话说，人与人之间关系变得脆弱了，像是玻璃杯子一样薄，经不起磕碰，大家精心挑选了一副面具，面具都在真诚地微笑，可后面是利用是占有。人世间的真情实感在拜物教面前潜移默化地淡漠了，布置下了人生一个最大的误区。朋友笑了，你这做群众文化的就重要了。我们走到一个不算大的文化广场，蓦然看见一群人在跳舞，跳得很好看，选择的音乐是《走进新时代》，这首歌曲出自深圳，唱响了全国。其实这首歌曲的音乐节奏并不适合广场舞蹈，可是大家居然跳得很自如，韵律也很舒缓。我走进他们的行列，随着他们载歌载舞，享受着惬意。我回头寻找朋友，他也舞动着身姿，居然跳得比我优美。我们走出舞蹈群，朋友指了指夜空，说你看月亮很亮啊。我说，人快活了，自由了，看什么就美丽了。

今年，天津举办第四届广场舞蹈比赛。我们编排了四个新节目，没想到来学习的有上百个社区舞蹈队。那天，我去教学场地的体育馆，看到几百人在那里随着音乐舞蹈着，脸上洋溢着一种幸福。主办者跟我动议，说，给这次比赛来个议题，叫做"天之阔，舞之广"。我马上兴奋，说，这个题目很有文学性，其实舞蹈是给自己跳的，就是想让思想飞翔，想让生活美好，想让活着的方式更加奔放和自由。

我听到过一个故事，说有一个患有半身不遂的公司经理，在他风华正茂的时候，因为工作忙碌高血压犯了，中风以后行走不方便，说话都不很利落。不能上班了，家里人伺候他，时间久了就对生活丧失了信心。确实，生活有了强烈的落差，从领导者变成了行走不便的病人。一开始有人看望，慢慢地来人就少了，他感到了孤独，甚至有了抑郁情绪，开始抱怨别人，到后来憎恨自己。不知道谁动员他去广场跳舞的，逐渐地他有了跟人接触的欲望。他发现大家在一起不仅是单纯跳舞，还有很多的交流和沟通。慢慢地奇迹出现了，他的腿脚居然有了很好的感觉，眼球也有了活力，脸上涌现出追求生活的表情。家人们惊诧了，他到广场与大家的交流更加频繁，舞姿也越来越有了味道。听到这个故事后，我不太相信，专门去寻找这个人，没有找到。有朋友问我，你找他干什么？我说，我怕他身体恢复以后又开始忙碌，忘了到广场去跳舞。朋友笑了，我真的笑不出来，现在好了伤疤忘了疼的人还少吗？

其实说来跳舞就是一个形式，唱歌弹琴书画都是一个样，那就是文化在改变着人，在提供一个平台，让大家对生活有感情。人生如果是一座房子，那么感情就是房梁。如果没有了房梁，那房子就是一片废墟。

人生如果是一条河，那么感情就是船，载你穿过惊涛骇浪到达彼岸。人生如果是一泓清泉，那么感情就是源头，送来取之不断的纯水。我曾经在家门前的天塔湖看到一个舞蹈场面，很多人手拉着手，围成一个硕大的圆圈。在激情的音乐里互相传递着一种倾诉，一种欢愉，一种交流，一种潜在的心灵释放。

天津红桥区文化馆有个“老朋友舞蹈团”，平均岁数达到了七十。可他们一到舞台上，就喜欢跳动作极为奔放的西藏舞蹈。那天，我看他们跳的《吉祥如意》，从头跳到尾，都是奔跑。我问他们，这么大岁数为什么还跳这么激烈的舞蹈呢？他们说，我们需要年轻，怎么表达呢，就跳年轻人的舞蹈抒发出来。他们之间真像是老朋友，遇到什么事情都能互相帮助，互相搀扶着。他们真是宠辱不惊，北京人民大会堂跳过，全国大奖拿过，社区的广场也表演过。团长对我说，你因为生活气馁了悲观了厌世了，如果有人递给你一句火烫的话，握一下你颤抖的手，传一眼深情的目光，你是不是就承受不住了？我们就这么互相鼓励着，把高兴跳出来，把烦恼跳没有了。这句话说得真好，让我感动半天。想来，感情这东西，金钱是买不来的，可谓无价之宝。平常不显眼，甚至让有些人鄙视。当你迫切索取它的时候，感情不是随便给你的，得取决于你是否对它忠诚。感情这东西，不能到你需要它的时候再去拥抱它，尤其在当前商品社会，你要把它当成护身符，随时把它带在身边。

天津现在拥有几百支社区广场舞蹈团，在众多的广场里活跃着，像是流水，然后湍湍不息地汇入到了江海。这个江海就是感情的储蓄地，就是舞蹈者的幸福生活。哪位领导要是站在这个载歌载舞的队伍面前，看着老百姓这么兴高采烈，能不高兴吗？就是别忘了，千万给大家留一个空间，别都盖上房子，那是给感情留的，也是给追求生活的人留的，反正有阳光和月光给他们做陪衬，不需要花更多的钱。

有一种力量在历练

——评天津广播连续剧《针尖上的较量》

去年4月，我去瑞士卢加诺出差。忙里偷闲去买表，在一家名表铺我站了半天，终于找到一块适合我的手表。而那天我戴的是天津的海鸥表，卖表的是一个中年人，他看着我那块海鸥手表感叹着眨巴着眼睛，通过翻译知道他说的是，这是天津出的海鸥表，不比我们的瑞士表质量差。他说完，让我激动了半天，同去的朋友都羡慕地看着我。天津电台出品的广播连续剧《针尖上的较量》的选材很准，选择了中国天津海鸥手表在瑞士的一次较量。瑞士是世界手表制作之都，而瑞士的巴塞尔钟表展览又是全球手表业的精英聚会。在这个特殊的背景中，海鸥表在那里发生了一个真实的故事，那就是大家都熟知的所谓侵权事件。但这个选材又很难写，因为真实与虚构之间的调换，手表这个很精确的制造业技术过于复杂，都需要编剧的独具匠心，需要精巧的剪裁，需要把真实和虚构艺术地融合在一起。这三个需要是很费工夫的，弄不好就成了一个产品的宣传广告。

我喜欢苏五一这个人物，80后的新一代，海鸥高端表的设计人。苏五一在广播剧里没有刻意拔高，他鲜活而有血肉，敢于创新，敢于向权威挑战，敢于突破别人认为不可能跨越的鸿沟。当然，他也有苦恼，也有过犹豫。对待心目中的女神安娜，他穷追不舍，但机遇却一次次在他身边跑掉。可他从来没有放弃过，他的爱情就像他设计的海鸥表一样专心致志地走着每一秒。他被安娜误解，但他的解释却很苍白，因为他不懂得怎么才能获得女神的芳心。可你要是听他讲海鸥表，讲他的双陀飞轮腕表却是侃侃而谈，头头是道。我觉得苏五一的语言特点很有天津人的性格，那就是豪爽，幽默，热情，机智。我特别欣赏他在瑞士和巴塞尔展会知识产权委员会负责人汤普森的对话，充满了智慧和力量。当然，给汤普森的语言设计也很精彩，只有这样才显得针尖对麦芒，棋逢对手的感觉。胜者是苏五一，但听完了他们之间的较量，感觉到苏五一的胜利是那么来之不易。

广播连续剧不同于电视剧，它没有图像，却都是声音的感觉。《针尖上的较量》给你一种看到的感觉，好像眼前浮动着一幅幅的图像。在瑞士，在海鸥手表厂的设计室，在一个个活动房间，似乎看到每一个人物在表演着。这就说明台词写得很有动感和连贯性，也说明每一个转换的场景都让你有亲临其境的印象，尤其是情节的推进，节奏很快很鲜明。所设计的悬念也一个接一个，不到最后不翻出来。你听着有一种急迫感，很想知道最后的结局，这里包括爱情的和鉴定结果。可编剧偏偏不给你，就造成了高潮迭起。三集戏里的每一个衔接都运用了秒针走动的音效，加重了时间的推进，增添了紧张的感觉。海涛去专利办公室取专利，一波三折，惊动了警方。苏五一通过一次汽车事故，引发了他对汽车驱动原理的灵感萌动，让他引进到了手表的双陀飞轮。这个碰撞既合理，又好看，自然入理。

《针尖上的较量》人物表上只有九个人，可你听起来好像有很多角色在表演，像是一部大型舞台话剧。正说明广播连续剧中的人物多是不好写的，因为你要刻画好每一个人物，广播剧又有时间限制。我佩服这部戏的九个人物虽然戏多戏少不一样，但每个人物都有鲜明的个性，都能让你记得住。这需要编剧的技巧，也来自于演员的二度创作成功，更来自于导演的独到处理。

还原历史的美人

——对《色戒》的原型郑苹如烈士的补白

那是很久的事情了,当时李安导演的电影《色戒》播放后引起了一股旋风,人们热闹了一阵子,也就过去了。这部电影我当时破例是在电影院里看的,约了几个文友。因为我看电影都是在家看碟,不是舍不得进电影院,是这个岁数进去了就觉得尴尬。

在我快把这部电影忘却的时候,在美国生活的一个朋友回来看望我。她叫圆圆,是一个出色的舞蹈演员。因为离婚而出走美国,后来她说结识了一个叫周愚的朋友,然后就跟我滔滔不绝地说,说到动情处竟然潸然泪下。那么,我们所说的就是《色戒》电影中的女主人翁,由汤唯所饰演的王佳芝。圆圆说起了周愚,说周愚跟这个王佳芝很熟悉,说周愚没看过《色戒》的原著,也没看过这部在中国风靡一时的电影,但周愚不必看,就已完全知道它的内容是怎么回事了。圆圆说这个叫周愚的朋友已经年逾八十,圆圆比喻可说是朋友,也可说是师母的女性长者。圆圆在她所住的老人公寓里,曾经与这个老人作了几次三个多小时的长谈。周愚对圆圆说,她对《色戒》的真实情形是知道得最多的一个人。她与王佳芝原型人物郑苹如的妹妹郑天如很熟悉。周愚说,郑苹如就义时才刚 24 岁,正是含苞待放的妙龄。这个年龄跟电影里的王佳芝比是有差距的,远不是汤唯扮演的那么风姿绰约,那么风情十足。周愚说郑天如对六十多年前的那些往事都仍清楚地记得,思路依旧敏捷。

圆圆跟我倾诉完这件事后就回美国了，回去不久给我发来了一个很长的邮件，说的都是她和周愚的那次谈话。圆圆对我说，你是作家，能不能把周愚和我谈话的章节发出来，我真是觉得很有必要，让那段被封存的历史还原真貌，让那个被汤唯扮演的王佳芝脱掉华丽的服装，把那个原型郑苹如重新展现出来。起初我不在意，忙碌着自己的事情。最关键的是那部《色戒》已经被人们淡忘了，再写怕引不起什么共鸣。几年过去了，后来我在一个寂寞的夜晚偶然又看了《色戒》这个影碟。说偶然，是因为买了高清的彩电，又有朋友送给我高清的《色戒》影碟，于是就有了再次跟汤唯见面，看到了那个身穿旗袍摇曳风姿的王佳芝，蓦然想起了封存已久的邮件，我的朋友圆圆给我激动不已讲述的周愚。我以为圆圆给发的邮件早就删除，因为我有这个毛病，总怕硬盘不够，就总删掉文件。可我诧异地看到这个邮件一直留着。于是，我再翻出来，未谋面的周愚在跟我对话。我好想看到这个白发苍苍的老人半卧在沙发上，窗外是一缕阳光，斜照在她饱经苍桑的脸上。她的语言很苍老了，但似乎就在我耳边说。她说，她和郑天如除了是朋友外，还有更深一层的关系。她是空军出身，毕业于空军官校三十六期，而她的先生舒鹤年和郑天如的哥哥郑海澄都是空军，并都毕业于空军官校的十一期，成为好友。后来，郑海澄在抗日战争的空战中不幸阵亡了。周愚说，她没有见过郑海澄，只是听她先生舒鹤年总是说起这个名字。她先生舒鹤年在台湾曾任志航大队的大队长，嘉义第四联队副联队长，官阶到了少将，是飞 F－84 及 F－100 的空战英雄。

周愚说，在她的记忆里，总能浮现出郑苹如就义前后的情形和一些细节，以及她父母那时的情绪反应。后来，我把周愚说的这些跟《色戒》里对比，发现了出入很大。当然，电影是电影，真实归真实。或许说，张爱玲的小说就已经跑远了，到了李安的镜头里更加离轨。周愚说，郑苹如就读的学校不是如一些人所说的民光中学。还说有人讲丁默村和郑苹如有着师生关系，甚至还有人说看过郑苹如的日记，这都是子虚乌有之事。任何人对郑苹如的所知，不可能比她的亲妹妹更清楚；任何人对郑家的所知，也不可能比郑家自己人知道得更清楚。周愚说，郑苹如的父亲名叫郑钺，字英伯，是浙江兰溪人，早年留学日本法政大学，因见清廷腐败，在当时同盟会会长于右任的引荐下谒见孙中山先生，后来毅然加入了同盟会，献身革命。那时与他同时加入的还有邵力子等人。郑钺与国民党的元老于右任关系最为密切，情同手足，他蒙于的赏识，后来也对他多所提携。

周愚回忆郑天如对她说的，她父亲郑钺对古董非常爱好，并具有鉴识能力，因日本人也有许多喜爱中国的古董，因此常找他做鉴识的工作，并给他酬劳。他在这方面赚的钱，则义无反顾地捐给了同盟会。周愚说，日本有很多仰慕中华文化的人，也有许多同情在日的中国革命分子，他们经常给予革命分子赞助和策应，有一位名叫木村花的年轻女孩子就是其中之一，也因此郑钺和她结识，并进而结为连理。周愚说起木村花，说她出身日本名门，她家是个大家庭，上有兄姊八人，她是最小的。她的父母十分反对她和郑钺的婚事，但她却毫不含糊地嫁给了郑钺，但结果是被逐出家门，多年后才再恢复往来。郑天如的大姊叫郑真如就在日本出生，这时革命已经成功。中华民国成立后，于右任邀请郑钺回国，任靖国军秘书长，后来又陆续担任南京大理院检察官，山西高等法院院长，复旦大学教授，江苏第二特区法院首席检察官等职。此后，郑天如的二姊苹如，两个哥哥海澄和南阳，以及她自己相继出生。他们姊妹兄弟五人，个性都是活泼外向。姊妹更都出落得很漂亮。后来，我为了验证周愚所说很漂亮的评价，在网络上查了郑苹如的资料，看到了著名作家郑振铎所描写的郑苹如，说她身材适中，面型丰满；穿的衣服并不怎样刺眼，素朴，但显得华贵；头发并不卷烫，朝后梳了一个髻，干净利落。纯然是一位典型的少奶奶，并不像一个追求浪漫的女子，这似乎跟电影《色戒》里王佳芝这个人物有了出入。周愚说，郑天如说，她大姊郑真如16岁时就会骑摩托车，是全中国女性骑摩托车的第一人。她后来嫁给一位留法博士叫王培驅，从法国回来后担任了副审计长，跟郑真如育有一女，不幸的是女儿刚出生三天，她即病故，女儿此后即由外祖母抚养长大。

我发现周愚用了很长的笔墨讲述了郑苹如的家世，不知道她为什么这么讲，可能要铺垫郑苹如刺杀丁默村的动机，或许也讲不清既然郑苹如有这么殷实的家庭背景，为什么还会舍身去刺杀丁默村。周愚说，郑苹如读的是上海大同中学，校长是胡旭光。郑苹如高中毕业后入震旦大学，无论在高中、在大学，都是当时风头最健的人物，她竟然是柔道和游泳的好手。周愚说，郑天如评价她姐姐人长得漂亮，牙齿尤其漂亮，因她笑口常开，朋友们常喜和她开玩笑，说她为什么那么喜欢笑，是不是怕人家看不见她的牙齿。郑苹如有一件特殊的工作，就是经常要替人做女傧相，因她的人缘好，凡有认识她的人家有喜事，总是喜欢找她做女傧相，从十几岁起的六七年里，郑苹如做女傧相不计其数。我看到周愚说的这点顿时产生了兴趣，真应该是个亮点，那么漂亮的女孩子总去做喜事的女傧相，该是有故事的，经常去参加婚礼，也会令郑苹如有一种对婚姻的了解，对感情的向往。可张爱玲没有去写，当然李安更不知道郑苹如有这个动人的经历。周愚说，郑天如说给她姐姐提亲的不计其数，踏破门槛。郑苹如有一个知心的男朋友名叫王汉勋，她就以王汉勋做挡箭牌，说她已有了未婚夫。说起王汉勋，也是一位飞行员，毕业于空军官校二期，这跟郑苹如哥哥郑海澄有了某种关联。我读到周愚这段文字时，也产生疑惑，说明郑苹如不爱这个王汉勋，因为她只让王汉勋做了挡箭牌。那么漂亮出众的郑苹如爱谁呢，绝不会是电影《色戒》里王力宏扮演的那个人物。

我很想知道郑苹如怎么就被情报部门所吸收呢？为什么非派她去刺杀大汉奸丁默村呢？周愚说起郑天如对那段历史的启封。郑天如说，是因为当时她父亲任特区、也就是上海的公共租界的首席检察官，郑苹如一位复旦大学的同学叫嵇希宗的人，经常到家来向她父亲请教法律方面的问题，嵇希宗的态度非常诚恳，言谈中对国家大事也非常关心，获得她父亲的赏识。后来并知，这人其实是陈立夫的表弟，是中统派到上海工作的人。嵇希宗还有一位亲戚名叫陈宝骅，也常来他们家，这样就和郑苹如认识了。就在这时，“一·二八事件”发生了，郑苹如基于爱国心就主动加入学生的反日行列，跟着大家去游行，发传单，呼口号。后“八一三”淞沪战役之后，郑苹如又愤然参加了更为实际的照顾伤兵、医护补给工作。那时的情形，日本军阀和军人极为可恶，但在华的日本平民对待中国人还并不算太坏，甚至还有许多反战派主张日中和好，郑苹如和他们都有交往，况且她说得一口流利的日语，在这种情形下被中统认为她是最理想的情报人员，便积极吸收她参加。

郑苹如替中统工作，父亲起初并不知道，后来才知道了。至于母亲，则从未说过一句有关的话或在脸上表露过任何神色，但郑母是个极聪明的人，相信她不会不知道。郑苹如年轻貌美，善交际，会说日语也是优势，且因其有一半日本血统，所以很容易与日本军、政界人士交往，且其中不乏高层的人，包括日本首相近卫文麿之子近卫文隆，之弟近卫忠麿，日本在沪之和谈代表早水亲重，以及华中军区副参谋长今井吉平等人。郑苹如都是找到合适的借口与对方接近，实则刺探情报。我通过阅读周愚的邮件，得知了郑天如跟她说的一件很重要的事情，就是郑苹如获得的最大一件情报，是从日本人那里刺探到汪精卫即将叛国组织伪政府的消息。得知后，她把这消息迅速发电报给已回到重庆的陈宝骅。但重庆方面接到这个情报后竟然不相信，回电说汪是中国仅次于蒋中正的第二号人物，怎可能叛国。但郑苹如再度去电，表示确实可靠，而汪精卫也就在这时潜往越南的河内，转回上海，再至南京成立了伪政府。我在张爱玲的小说和李安的电影里都没看到这个内容，应该说会是很精彩的。这么重大的情报是由郑苹如获得，是一个多么震撼的情节，而且重庆不相信，不知道郑苹如知道后怎么个表情。精彩处是郑苹如再次发出情报，说消息无误。我很遗憾就这么一个精彩迭出的人物在电影《色戒》里成了花瓶，没有了原型人物郑苹如的政治分量，也没有了戏剧性的爆发。我认为，根据原型创作出来的人物远不如原型经典，不如历史发生的真实事件那么惊心动魄，那么出神入化。我们编撰出来的总是漏洞百出，让人看完忍俊不禁。

汪精卫的伪政府成立后，马上在上海成立了一个伪特工作室，地址在极司菲尔路七十六号，也就是人人谈之色变的“七十六号”。“七十六号”由丁默村主持，成立后杀害了爱国志士无数。按照周愚传达郑天如的说法，丁默村想要郑钺去伪政府工作，派他手下一个当律师的詹纪凤到家来游说，为郑钺严词拒绝。不久之后，“七十六号”就制造了两次极为卑鄙且残忍的暗杀。郑钺时仍任特区的首席检察官，他手下有两个庭长。民事庭长名郁骅，是文学家郁达夫的胞兄；刑事庭长名钱鸿业，是教育家钱思亮的父亲，也就是曾任外交部长、监察院长钱复的祖父。丁默村心狠手辣，派人把郁骅枪杀在街头，而钱鸿业则死得更惨，是两个伪特人员抱着两个大花瓶到他家，假装请钱鸿业为他们鉴定真伪，实则藏了一把斧头在花瓶内。抵钱家后，两个伪特拿出斧头活活把他劈死，然后收回斧头放回花瓶再抱出门去。我读到郑天如说的这个细节很刺痛，想必那个场面很残酷，更是血腥。这是我们现在人想象不出来的，那就是历史的真相。如果有了这个细节，作为郑钺的女儿郑苹如去刺杀丁默村就有了合理的理由，这比电影《色戒》里王佳芝刺杀易先生深刻得多。我总觉得梁朝伟演的易先生几乎成了正面人物，能博得这么多女观众的喜欢，或者抱怨王佳芝应该爱上这个易先生，这就是黑白颠倒了。

这两次暗杀，当然就是给郑钺一个警告，如郑不从，不任伪职，也会和他们一样的杀头下场。面对着丁默村杀人如麻，自然会要刺杀他，这项任务便落在郑苹如的身上，郑苹如毫无顾虑地接受了这个十分危险的任务。经过熊剑东太太的引见，郑苹如和丁默村先后见过两次面。周愚告诉我一个日子，12 月 24 日这天，不是许多书刊文字所说的 12 月 21 日，郑苹如第三次和丁默村见面，也就是决定执行任务的一天。执行地点在静安寺路与戈登路口的西北利亚皮货店，郑苹如和丁默村进入店内买皮大衣，两个枪手埋伏在外。丁的车子停在对街，当买好大衣走出店门时，机警的丁默村发现了那两个可疑的人，于是不顾郑苹如自己冲进汽车。两个枪手立即动手，但一人的手枪卡子，另一人开了三枪，但都打中车门的玻璃下方，丁得以逃生。这个真实场面与电影《色戒》里倒是有几分相像。

写到这里，我自己有一点感想，这等重大的事，为何事前没有万全的准备，情报人员是吃这一行饭的人，怎会发生手枪卡子和这么蹩脚的枪法的事。郑苹如回家后，立即打电话给丁默村，严厉地告诉他这次是给他一个警告，下次一定会杀了他。丁大怒，但因郑家住在租界，日本人和伪政府尚不能公然到租界抓人，于是就恐吓要郑苹如自首，否则对其全家人不利。这时在重庆的陈宝骅已知悉刺丁失败，来电要郑苹如马上逃到重庆，嵇希宗也赞成她走，并且安排了经淮北、皖北、豫南、陕南有一条通往重庆的路，沿途有游击队接应，可以成功逃到重庆。郑苹如经过一天长考，她不愿为了自己贪生而连累家人，而于 12 月 26 日下午四时前往“七十六号”自首。郑苹如去自首时，她的父亲不在家，父亲回家，见家里少了郑苹如，脸色立即大变，知道发生了什么事。当郑母告诉他女儿到“七十六号”去了时，他长叹了一口气后说，从此以后再也见不到她了。我读到周愚给我写的这部分，不知不觉眼圈湿润了。

仿佛间看到那个凛然正气的美人淡定走进“七十六号”的画面，那就是泣鬼神，惊天地。这在电影里都看不到，看到的就是穿着旗袍卖弄风情的女人，这是何等的差距。后来我看到一种说法流传出来，说郑苹如对丁默村动了感情，因而在服装店里的关键时刻情不自禁，暗示丁默村有危险，让他得以逃脱。这种说法被张爱玲在小说《色戒》里强化。我不以为然，我相信郑天如的说法，那是对郑苹如的亵渎。

郑苹如遭处决的确实日期没有人知道，周愚谈到这点，连郑天如也不清楚。只是说在三月，有一对潘姓夫妇从“七十六号”被放出来，到郑家报信，告诉郑苹如已死。为此，周愚推算应是二月底或三月初。潘姓夫妇并转达说“七十六”号要郑家付钱赎回遗体，可恶的汉奸，杀了人还要钱，多么无耻！而郑家也无此财力，因此郑苹如的遗骸下落何处至今也仍不知。后来有人在忠烈祠为她立了一个灵位。郑苹如死后，伪政府仍未放过她的家人，另一个汉奸，伪政权的高等法院院长徐维震，仍不断纠缠她的父亲，要她父亲到伪政府任职。而这时因刺丁失败，嵇希宗、陈彬等人也都不敢和郑家来往，以免身份曝光。郑钺非常孤单，一直生活在郁闷与悲戚中。郑钺善于卜卦算命，在4月1日那天，他为自己算命，说他的生命还只剩7天。那天是愚人节，家人以为他是戏言或诅咒之语，但结果却是一天不多，一天不少，他于4月8日去世了。我想，郑钺一生最大的遗憾是未能活着等到抗战胜利，看到日本无条件投降，当然，最大的遗憾是未能亲眼看到杀害他女儿的丁默村伏法。我查过，丁默村于1947年2月在南京被枪决。

周愚说到和郑天如的谈话，每次谈到她姊姊的就义，她哥哥的成仁，她父亲的含恨而终都忍不住数度掩面哭泣。她对周愚说，她父亲伟大，哥哥伟大，而姊姊，不管小说和电影是如何描述的，在她的心目中更伟大。这里有个细节，那个曾经被用作挡箭牌的郑苹如男友王汉勋，也在抗日战争中在桂林失事殉国，真可谓一门忠烈。我在周愚的邮件里徘徊，突然对郑天如产生了兴趣，因为她是郑家唯一的幸存者。周愚说，郑天如随先生舒鹤年，并带着母亲到了台湾。舒鹤年仍在空军服役，她自己到监察院工作，负责公关、接待外宾等事务。母亲木村花本是虔诚的佛教徒，到台湾后更潜心修习，以佛养性，但想起女儿郑苹如就常常流泪。在她享寿八十时黯然去世。郑天如1986年的冬季来美，生活有了彻底的改变。最令人意外的是，她并非和夫婿一起来。其原因之一是舒鹤年仍在军旅，正值事业巅峰，舍不得丢下那份事业。这本是一对患难夫妻，但郑天如到了美国还是与舒鹤年分手。还有一样更加令人意外的是，两人都未再嫁、再娶。郑天如笑着跟周愚说，离婚时我们讲好了，谁也不许再结婚。舒鹤年退役后也常来美看望她，但几年前在台辞世。周愚也没说两个人分手的真正原因，我很想问，但没有再跟周愚对话的机会。

电影《色戒》放映几年了，留给观众的印象越来越淡化。周愚说，郑天如没有看过《色戒》的原著和电影，但看多了有关她的报导和听多了有关她的谈论。在一次与朋友的聚会中，对于电影完全歪曲了她姊姊的形象感到气愤。后来有朋友问她，这是不是你姊姊呀？郑天如会淡淡地说，故事的时间、地点、女情报人员刺杀汉奸，就是那时我姊姊的事嘛！如果再多问，郑天如就不再表白什么了。我相信郑天如必定也能明白这个道理，她为郑家已很累了，其实她不是不想看这部电影，她是怕看了会忍受不住那份对姊姊的思念。

写完此文，我除了感谢周愚以外，我还感谢我的朋友圆圆，是她多少次给我发邮件，给我和周愚之间搭桥。她对我说，这么精彩的历史章节不写出来，是愧对历史的。

城市记忆

天津的年味儿在哪？

天津是个民俗感觉强烈的城市，进入了腊月，距离过年还一个月呢，文化街上就开始热闹了。

我在过小年的那天去逛，就已经人挨着人了。那里最热销的有这么几种，一个是吊钱，各式各样的吊钱琳琅满目，一片红色，用海洋形容一点也不过分。最大的有三层楼这么高，后来我在劝业场看到更大更高的，足有七层楼那么高，你看它得仰视。在吊钱中，福字最多，笔画不一的福字蕴含着天津人对幸福生活的追求和渴望。除了吊钱，还有剪纸，然后是象征着鼠年的玩具，我买了一个鼠造型的玩具，前边挂着一个钱包，活泼可爱的样子。卖主告诉我，老鼠跟前挂钱包，就等着数钱吧。再有就是灯笼，五花八门，这几年买灯笼挂在家里的越来越盛行，最大的灯笼一个人抱不过来。我琢磨这么大的灯笼怎么挂在家里，起码家的地方不小。天津人买年货就是为了装饰，红红火火，图个大吉大利。

在天津过除夕，肯定要放鞭炮。全国不少城市禁止放炮，天津从来没有过。过去我们小时候放炮主要是小鞭炮，现在都是彩炮了，越放越高级。从前半夜的 11 点开始，高潮当然是午夜，那时候全城市都是震耳欲聋的炮声。我那时得需要大声喊着招呼家里人，城市的天空姹紫嫣红。一放炮，过年的感觉就弥漫上来，挡都挡不住。我想，要是禁止放炮了，一片寂静，那还算过年吗？全国各地过除夕都吃饺子，天津人也不例外，只是坚持得比较好，而且有发展，那就是坚持不在外边买，而是全家人活面，擀皮，拌馅儿，包饺子，所有的程序都是一家人在那进行。我有次去南方一个城市，人家已经放弃了这个程序，直接买来了饺子一煮就完了。天津有位民俗专家说，饺子就在于包，全家人在那包，分工要清楚，这才是过年的气氛，买饺子吃，忽视了包的环节，那就抽掉了和谐热闹的本质。我家个别，由于父母都去世了，哥几个是一起包，然后各家带走回去各自煮着吃。当然天津人也是增加了看春晚的内容，我们家是一边看着一边评论着，我还担负给天津媒体写评论的任务。大年初一，天津人拜年的习惯还没削弱，现在邻居间的来往少了，拜年也就少了。大年初二，天津人叫女婿节，这么多年也没有政府下令，但全城的女婿都看望岳父岳母大人。以前是拎着点心，现在都是现代的食品了，越拎越高级，这表示女婿混得怎么样，也是显示你女婿过日子好坏的程度。天津人注重破五，在初五这天好像必须剁肉了，晚上就听见咣咣的声音，看谁剁得最响。破五是在剁小人，谁心里想着谁就不得而知了，或者根本没想，就是剁象征的小人，不希望小人破坏来之不易的和谐生活和美丽梦想。

正月十五的灯节很热闹，天津有好几个庙会。天津人喜欢玩的就是曲艺。眼下的曲艺园子有几十座，天津过年出家门听相声也是一个嗜好。现在大年除夕到十五的相声晚会已经订满了。走进去听着丁当作响的鼓曲，品着中华民族优秀传统文化的滋味，那叫作一个美。在外地不管是听什么，都是以鼓掌和喝彩表示对演员的尊重。在天津的曲艺园子里观众是跟随着台上的演员哼唱，手里给演员打着拍子。想想，这么多人能把一大段传统曲目完整地哼唱下来，足说明天津人玩的兴致有多高。

天津的大娘娘

从小到现在，不知道去了天后宫多少次，每次去都有很多的心得。以前去是看新鲜，后来再去就看文化。妈祖到了天津怎么就赋予这么多内容，首先是称呼，天后、天妃、天后娘娘，到了塘沽一带又叫大娘娘。我曾经听过塘沽人喊大娘娘的神态，那就是一种从内心发出来的感情。妈祖到了天津，很有生活感的天津人就给妈祖来了更多的幸福延伸，比如拴娃娃的寄托。我在杨柳青画馆看到了一幅精致的年画《天仙送子》，上面描绘着慈祥的妈祖乘风而来，左右都是眉清目秀的童子。从妈祖的脸神看出是一种急渴渴的样子，就是要把老百姓的寄托送过来，而且要送到老百姓的手中。送子，这是对一种生命延续的满足，更重要的是期盼生活美满的结局，老百姓想的就是这个，虽然简单但很实际。为此，天津人传说了很多动人的故事，谁谁拴娃娃得子，而且是多年未得而得了。左邻右舍都为此高兴，说是天仙送的。于是，妈祖在天津又有了一个新的称呼——天仙。

天津有众多的妈祖庙，在塘沽和汉沽就有海神庙、潮音寺等。出海的渔民对妈祖情有独钟，出海之前捕捞之后，都是载歌载舞。潮音寺庙会从明永乐年间建寺后，形成民间社火活动，当时船民每逢农历二月十九日都汇集潮音寺拜观音菩萨，逐渐形成庙会活动。塘沽的大沽龙灯就要出会表演。大沽龙灯含着天津沿海百姓在妈祖感召下，向往太平、祈盼吉祥、保佑平安的美好愿望。在传承了一百多年后，大沽龙灯没有被消亡，而是越来越有气氛。鼓声响起，龙缓缓启动，随着鼓点轻重快慢缓急地和谐调整，龙如同在云雾中穿梭，灯在水中畅游。其中，我最喜欢的是已经成为国家级“非遗”项目的汉沽飞镲，气势如虹，边打边跑，渔民手里的铜镲真的跟飞起来一样，铿锵有力，彩绸满天。满脸都是喜庆，震天的飞镲声响起就是渔民们对美好生活的憧憬。汉沽飞镲在每逢娘娘庙会时都是最能吸引大家的活动，特别是每年阴历四月中旬，为保一年的出海平安、鱼虾丰收，都要结队去酬请护海娘娘护驾。为了渲染气氛，一路上便带着锣、鼓、镲随行敲打。在上海世博会上，天津的汉沽飞镲队伍打出了气势，那种淳朴而火爆的打法让观众掌声一片。我在其中喝彩，觉得那么酣畅淋漓。

说到天津的“非遗”，法鼓是最有天津民俗文化特征的项目，目前河西区挂甲寺庆音法鼓、杨家庄永音法鼓和北辰区刘园祥音法鼓都是国家级的“非遗”项目。法鼓表演道具主要有鼓、铙、钹、镲、铛等。表演时鼓乐齐鸣，颇有一种山雨欲来风满楼壮观之势。说起天津的法鼓，就要说到天津的皇会，那就是给妈祖出行时的一种民间花会集中展示，每次出会都会有上百道天津皇会是一种典型的民俗活动，也是天津年文化中的重头戏。皇会一般都是在天后娘娘诞辰吉日，也就是农历三月二十三日举行。可是现在每逢大年十五前后，在古文化街特别是津南区的葛沽，皇会越来越受到老百姓的青睐。法鼓是当年皇会中不可或缺的随驾音乐，是天津皇会的耳朵，在整个皇会队伍中位置靠前，最为威武和显赫。大家穿戴整齐，鼓乐齐奏，雄浑嘹亮，节奏变化也很丰富，起承转合，抑扬顿挫，委婉时清醇悦耳，高潮时激奋昂扬。演奏时，表演者还加上要钹和飞铙等舞蹈动作，很是好看，其中不乏武术的动作，场面十分壮观。天津法鼓是在特定的妈祖文化土壤中孕育成长的，它综合了音乐、舞蹈、武术、美术等多种艺术形式，独具特色。天津人创造了天津法鼓，天津法鼓也塑造着天津人对妈祖的热爱。

说说天津的老玩意儿

天津的老玩意儿多了，比如说京剧，虽然说京剧姓京，但天津是京剧的大码头。在解放天津的初期，我父亲曾经率人接收过中国大戏院。他跟我说过当时连续演出多少场的盛况，所有京剧名家都到场了，天天爆满。我也看见过有的名家在天津栽了跟斗，回去后多少年不好意思再来；也见过京剧名家在起步阶段在天津一炮打响，而走红全国。

还有天津的曲艺，形容天津是曲艺之乡一点也不为过。相声应该说是功成名就，圈内人评出的四位相声大师，张寿辰、马三立、侯宝林、刘宝瑞都在天津孕育出自己的风格和流派，至今天津的相声茶座依旧在全国领先，茶馆相声风靡津门街头，天津的老玩意儿有了新的诠释。京韵大鼓也姓京，可开花结果都在天津，可以说骆玉笙把京韵大鼓在天津发挥到极致了。京韵大鼓的几大流派在天津都有继承人，都有代表作，都有丰富的群众基础，而且在天津十几个茶社里都有大量的非职业演员在演唱，曲目丰富多彩。再有就是天津时调，领衔人物王毓宝被国家誉为非物质文化遗产的传承人。

不久前，我与北京研究非物质文化遗产的专家聊天，说起北京琴书，因为关学增老爷子去世，他的后继有人成了问题，有会唱的，但没有能挑起来的代表人物。而天津时调，在王毓宝的精心培育下，如高辉还有更小点的刘迎都是响当当的演员。还有西河大鼓，我母亲因为在电匣子里听艳桂蓉的《杨门女将》而把饼烙糊了，晚上我们全家吃的黑饼。我就在那时跟随母亲喜欢西河大鼓，后来我见到艳桂蓉，讲起我母亲因为听她的《杨门女将》而烙糊了饼，她哈哈大笑。天津在西河大鼓演唱上的名家太多了，还有郝艳霞等，如今中青年的演员也风华正茂，如郝艳霞的女儿郝秀洁等。天津老玩意的传承在不知不觉中总是能繁衍下来，说明天津这块文化沃土的肥育。

其实天津的老玩意儿还有很多，比如法鼓，河西区挂甲寺的庆音法鼓、杨家庄的永音法鼓、北辰区的刘园祥音法鼓等等，那都是绝活。知道法鼓的在天津不很多，大多是在做法式上表演，也有糅合了其他艺术手段搬上舞台供观众欣赏的。天津法鼓表演形式分为两种：一种是在固定在某个场地，一种是边走边奏。说起法鼓，其实就一面大鼓和若干大钹、大铙、镲铬、铛铛所组成。我在河北区看见过一场演出，鼓乐齐奏，雄浑嘹亮，节奏变化也很丰富，起承转合，抑扬顿挫，委婉时清新悦耳，高潮时激奋昂扬。演奏时，表演者还加上耍钹和飞铙等舞蹈动作，很是好看，其中不乏武术的动作，场面十分壮观。研究法鼓的天津音乐学院副院长靳学东评价，天津法鼓是在特定社会文化土壤中成长的，它综合了音乐、舞蹈、武术、美术等多种艺术形式，独具特色。

天津人创造了天津法鼓，天津法鼓也塑造着天津人。在天津法鼓那雍容威严的形式和铿锵炽烈的节奏里，天津人读到的是自己粗犷豪迈、爽朗乐天的性格。说起来，天津汉沽区的飞镲也有这方面的表现，我在广场上领略过其独特的表演风格，粗犷的特性，鲜明的节奏都引起了观众不断的喝彩声。天津的河北梆子、天津的评剧，都是天津老玩意儿中的大项目，都是我们天津传统文化的经典，有着悠久的历史和清晰的传承脉络。

不能遗失在天津

天津有很多好玩意儿，比如以前在曲艺舞台上经常见到的太平歌词，一般都是由相声演员在说正活前垫话用的。现在电台播放马三立、赵佩茹、郭荣启合说的《扒马褂》，开始垫话用的就是太平歌词，很好听，但很不好唱。据说太平歌词形成于清代初叶，其曲调是从莲花落演变成的，上个世纪初在北京和天津街头流传，也是相声艺人招揽观众的主要手段之一。现在天津能唱太平歌词的人不多了，我居然听南开大学的一个大学生给我演唱，有板有眼，听罢不由喜上眉梢。

还有就是濒临灭绝的含灯大鼓，嘴里叼着一盏灯，还能演唱，听不出有什么咬字的障碍。我看过天津曲艺团梅花大鼓演员安颖的独技演唱，唱起来滴水不漏，而且字正腔圆，灯在嘴里叼着也是熠熠闪光，说起来这功夫实在了得。我问过安颖，有人接你班吗？安颖不好回答，看出没什么人愿意学习这独门绝技，受罪又不讨好。

我母亲去世20年了，我记得小时候，母亲最爱听艳桂蓉唱的西河大鼓《杨门女将》。母亲爱听，我就爱听。一听艳桂蓉的西河大鼓，我就和母亲一起听。母亲问我，能听懂吗？我说，听不懂。母亲笑了，说你听不懂还摇头晃脑的干嘛呀？可惜，艳桂蓉去世了，接她班的人寥寥。再过十几年，现在还能唱艳派西河大鼓的人也到了唱不动的年纪，艳派就有可能绝迹于舞台。

我还接触过中国古典戏法的肖桂森，他师傅是著名的戏法大师王殿英。天津的古典戏法在全国闻名遐迩，尤其是王殿英，身穿着马褂，不时地在台上表演，从大褂里掏出的东西能摆满满一台。最让观众过瘾的是就地一滚，再站起来能从马褂里托出一个火盆，盆里的火焰正旺。看过不得不琢磨，这么旺的火盆怎么能藏在马褂里而不被烧着。肖桂森也继承了师傅的绝技，虽然没看到他就地滚火盆，但他的手彩也很别致。所说的古典戏法跟现在的魔术不一样，它跟单口相声相似，边演边铺包袱逗笑料。嘴皮子功夫也很厉害，所以有人把古典戏法也算在相声行当里，不是没有道理。可惜现在能表演的很少，都迷恋刘谦的玩法。再过十年，说看不到中国古典戏法的表演了也不稀罕。

小时候在大院里经常能听到清脆的吆喝声，剃头的锔碗的卖糖堆的看小儿书的。声音很响亮，也很有韵律，高高低低，拐拐弯弯。现在听不到了，听到就是卖废品的，很单调和无聊。城市的吆喝，记载着商业生活的变迁，也记录着城市时代的脚步。我有一个好朋友叫韩冬，他居住在三岔口河边，脑子很聪明，也学过曲艺，弹过三弦。更重要的是他擅长漫画，在天津也有名气。他给我吆喝了两百多种叫卖，其中有我很熟悉的，勾起了我很多的回忆。难得是他把这些过去的城市吆喝画成了漫画，栩栩如生。我曾经动员他把这种吆喝录音下来，再配上这些漫画，让更多的孩子知道。如果这些遗失了，就丧失了天津过去的叫卖历史，成了永远的空白。

有次，我和几个朋友在古文化街上溜达，看见了空竹。年轻的上去尝试都失败了，而像我这般岁数的都能抖几下，其中一个朋友居然还能要几下技巧，赢得周围人的喝彩。其实，我小时候，很多都会抖空竹，连茶缸子盖子都能抖起来。现在估计失传没有多少人会玩了。

打快板也是这样，在一次做电视节目时，一个年轻的快板书演员当众拿出竹板，显摆地问几个嘉宾能不能打几下。谁都摇头，我上去就打，而且花样不断翻新。打竹板难吗？难，不打个几年打不出点来。可我在上小学的时候，班上男同学几乎都能打。看着现在孩子们人人能上网打游戏，而不能玩几样老祖宗传下来的东西，真是说不出滋味儿。

九号楼大院

我5岁时也就是在1958年，全家搬到了河西区吴家窑大街九号楼大院。那时，大院与周边的先进里、劳卫里、德才里、卫星里、东风里形成了一个新的居民区。记得搬来的时候，吴家窑大街还是一条小马路，对面就是拥挤逼仄的平房，与九号楼大院形成了一个强烈的反差。

九号楼大院由两座四层楼组成，所住的大都是天津地委干部。可能这些干部从农村来的缘故，楼中间的院子里种满了庄稼。我记得最清楚的是父亲种下一片玉米，高高的，结出的棒子硕大，黄昏时在夕阳中显得格外挺拔。也有种高粱的，穗子红红的，风一吹动像是小时候带的红领巾在飘扬。

院子里的人与人关系特别融洽，也没有官衔大小的界线，大院氛围跟乡下差不多。我家隔壁就是一位副市长，跟他见面也没什么，谁也没把他当成什么。邻居们见面主动都打招呼聊家常，孩子之间也如同兄弟姐妹，一起上学一起玩耍，晚上若是没回家，父母也不用惦念，一准被哪家留下吃饭了。我家三楼住的是大诗人艾青的前妻，他两个孩子圭圭和梅梅中午就在我家吃，然后每月一结账。我娘是农村妇女，摆上桌的也仅是窝头熬白菜什么的，炒菜时搁的油就是手心那么一点儿，最后是棒子面粥，那时能吃上白面馒头就相当不错了。在我印象里，我们就跟一家人似的，小饭桌一围，吃着照样也挺香甜。艾青的前妻喜欢我，偶尔带着我去趟起士林吃顿西餐。当我进到富丽堂皇的餐厅，吃着炸猪排和罐闷鸡时就觉得上了天堂。回家不敢对我娘说吃起士林了,就硬去啃窝头。

我家四楼上住着大作家鲍昌,那时他正落难。我和他的小儿子鲍光满要好,就常上他家去。鲍昌家的书柜一排排的,桌子上也都摆满书。我崇拜地问光满,你爸爸是干什么的,他说是作家。我问作家干什么的,他神秘地给我解释就是瞎编。我去他家时就爱翻书,有的不懂,有的刚能看出模样。我记得鲍昌写了很多卡片,仅是描写黄昏景色就是好几十张。我后来请教鲍昌写作的绝技,他认真地告诉我,就是多看多写。这句话过去几十年了,我依旧清晰入骨。鲍昌爱拉京胡,哼段京剧,聊以自慰,我也凑热闹听,趁着鲍昌不在,斗胆取下京胡学着拉上一段。没想到,我就凭着几下京胡去了北京铁道兵部队的宣传队,改变了我的命运。当鲍昌去世时,我去北京八宝山,见到鲍昌爱人亚芳阿姨,当她喊我一声我的小名儿巴豆时,我的眼泪已经烫湿了脸颊。

三楼住着文学评论家钟铭钧,他的儿子钟海后来成了天津人民艺术剧院的院长。钟铭钧家大都是古籍书,我不爱看,但爱听他讲故事。我后来写小说给他看得到了指点,给我的稿纸上用红笔改错字,满纸都是,弄得我很是尴尬。

在我家斜对过的四楼住着莎莎,他的父亲是中国的老革命,母亲是位前苏联人。莎莎比我大一岁,很聪明。我们总一起去水上公园玩儿,偷铁丝网里的果子吃,也常被人家逮住训斥。人家一看他蓝眼珠大鼻子的样子就格外警惕。这时,我们总把莎莎供出来,说他母亲是苏联人什么的,对方阶级斗争的弦儿就绷紧了,我们好逃脱,于是莎莎总是受比我们更多的折磨。我娘当时是居委会主任,戴着红箍巡逻,也总是在窗口监视着人家,后来得到有关部门的奖励。

在"文革"期间,由于走资派太多,九号楼大院满是大字报,总有人举着高音喇叭在揪斗,哪家也没有逃过去。我父亲就被揪走去了内蒙古,几个月没有回来。我娘不动声色地带着我们继续生活,直到我父亲半夜忽然回来,我娘才大哭一场。1970 年的初冬,我背着一把京胡走出九号楼大院去北京入伍,我娘站在阳台上看着我。我走出大院时回头望去,看见我娘的胳膊还在朝我挥舞。

前不久,我开车回到九号楼大院,其实是为了停车到附近办事。正要走,有人喊我,是巴豆吗?我回头一看是老邻居的儿子,恍惚间,我回到了童年。

走过老街平山道

天津的街道很多，我感情最深的是平山道，一条不足两公里长的普通街道。

能起名为平山道，是因为天津人民艺术剧院坐落在这里，一群来自平山剧团的演员奠基了这里的文化氛围。我在平山道小学读完了六年的课程，那时，平山道还是一条土道，坑坑洼洼，没有什么路灯。冬天落日早，每回下课，赶上西风刮起，整个平山道上黑漆漆冷瑟瑟的。我和几个同学深一脚浅一脚地在道上小跑着，偶尔看到有几只野猫从路中蹿过，惊得女同学大呼小叫。记得有次，我因为犯了什么错误，被老师留校。很晚，才让我回家。而这时，平山道上已经没有什么人，更没有几辆车通过。那时的平山道，只有现在人民艺术剧院和实验中学，再有就是一家精神病医院和几片普通住宅，除此就是一片荒芜。我忐忑不安地走在冷清的平山道上，耳边还留着老师的训言。风一阵紧似一阵地咆哮，路过精神病医院时，听见楼上窗户里有人在唱戏，像是哭泣。我头皮发麻，就跑起来。回到家，见到等候我的母亲，眼泪就滚下来。

一晃，天津城市发展的脚步匆匆，快走过60年的辉煌。

我搬了几次家，现在住在体院北，每天上班必走平山道。历史的变迁把平山道彻底改变了，短短的一段路，再也没有往日的荒芜和冷寂。平山道经过多少次的修整，道路平整，路灯也明亮了。尤其是两边一幢幢新楼日新月异，拔地而起，把平山道装点得像现代大都市一般。实验中学虽依在，但也面貌全非，除了带有欧洲风格的逸夫楼矗立在校园内，雄魄的体育馆和新建的教学楼几乎占据了平山道的半壁江山。道边的绿树，在沧桑中长大了，显得郁郁葱葱，繁茂处两旁的树枝开始交汇，为行人和车辆搭起一座遮风挡雨的天篷。每次从平山道上行走，都有一种说不出来的新感觉。觉得自己在变老，而世界在变新。又觉得道路虽然宽了，但又在逐渐变窄，因为车辆在平山道上多得总能排成一行行，我哪次乘出租车都叮嘱司机别走平山道，容易堵车。

道路的变化赶不上时代的变化，而人的变化又赶不上市场的变化。过去平山道没有几家饭馆，现在成了食品街，宾馆酒店林立。很可惜，过去我常常跑到平山道一家温馨的书店看书，然后拽下几百块钱，拎回来一袋新书。我女儿还没出嫁前，总给她带回来一批。她夸奖我给她拎回来一个崭新的世界。我说咱们家不是大款，给你花钱买这么多书，因为你赶上知识时代。后来女儿大了，开始给我在那买书，常常拍拍我肩膀，笑着说，没有我给你买回这么多书，你能创作出这么多作品？但这家书店没了，代替的是一家服装店，我路过的时候总有种怅然。

我经常去的是天津人民艺术剧院的小剧场，在那里看话剧是我生活享受，这个享受一直伴随我 30 年。去年，我和女儿创作了话剧《下一站幸福》在小剧场上演，我很多次地在那里陶醉，与观众一起笑，一起鼓掌。

我想，平山道还会变，共和国的脚步将会更加稳健。

让天津的“非遗”立在舞台上

有人问我，相声作为全国的非物质文化遗产项目，天津有什么优势？

众所周知，天津是北方曲艺之乡，也是相声的大码头。相声作为报送全国非物质文化遗产项目得以顺畅批准是必然的。在相声界公认的四位相声大师张寿辰、马三立、刘宝瑞和侯宝林都是在天津发展起来的。张寿辰和马三立都一直活跃在津门，而先前的弟子已经成为当今舞台的主角。除此之外，常连安、郭荣启、赵佩茹等同等辈分的相声导师也在天津创下了灿烂的辉煌。这个阵容是全国其他城市无法比拟的。如今，相声的高峰期再度到来，常宝霆、马志明、苏文茂以及李伯祥、魏文亮等已经扛下相声这杆大旗。后辈的也迅速赶上，抢占了这个老百姓都喜欢的舞台，不断地发扬光大。另外，天津的相声已经形成了风格，著名相声评论家薛宝琨称之为卫派。我觉得天津相声继承传统很突出，这个继承包括多方面，比如作品结构和表演手段，包括演出场地的氛围，不能说是原汁原味，但能看出骨髓的部分。

天津的全国非物质文化遗产项目在全国还不算多，已经批准下来的几十项，方方面面都有，涉及面比较广泛。比如京剧、评剧、京东大鼓、天津时调、快板书、雷琴拉戏等，静态的有杨柳青年画、泥人张等大家熟知的，我认为其中的相声还是拔得头筹。现在天津能演出相声的大小的茶馆和剧场多达几十家，上座率可观，也吸引了北京以及来天津旅游的大量客人。这种相声热的持续,有发展壮大趋势,在全国不多见。说明天津这座历史文化名城的文化底蕴丰厚,也说明相声作为一个码头文化的前驱者的后劲十足。相声的流派纷呈,名家荟萃,这也是能传承下来的主要原因之一。

我曾经去过苏州,想去听评弹,一打听也就是几家。记得我三次去苏州,都是跑到茶馆去听评弹,实在是太喜欢了。茶馆在白云观附近,进去后很是冷清,让我这酷爱评弹的不是滋味。结果我点了几首曲子,唱完以后只得再点。当我和朋友走后,回头看见两个演员孤零零坐在舞台上,下面已经没有人了。而走进天津的茶馆或者剧场看到这么多观众,喝彩声接踵而来,真比喝了蜂蜜都甜。

在全国"非遗"宣传日期间,我策划了由市"非遗"保护中心组织的四场戏剧曲艺系列演出。没有经费,一位喜欢曲艺的朋友提出帮助,我对他们坦率地说,没有回报,你们就是投入。四场下来不敢说场场爆满,但也是人潮涌动。我当初参与策划这四场戏的目的很清楚,就是想把天津的"非遗"立在舞台上,让更多的人喜欢它。我作为市非物质文化保护中心的主任,联络了几家有关单位,说明举办这次天津"非遗"戏剧曲艺演出的想法,回答都是支持,而且怎么支持都不过分。久违曲艺舞台的京韵大鼓刘派代表小映霞上台时,尽管已经快深夜了,但观众没有走的。年过八旬的小映霞头顶满头白发,唱的是拿手好戏《闹江州》。还没唱完已经淹没在观众的喝彩之声,我的眼泪瞬间流下来。其实,我就是想让天津的老百姓品尝到全国非物质文化遗产项目的艺术真品,叫老祖宗留下的宝贵财富不能在天津断了根脉,应该让后代也能享受到中华文化的大餐。其实,这一阵子举办戏剧曲艺的晚会不少。而我们作为天津"非遗"单位举办就显得不同,没有多少商业色彩在里边,就是纯粹的欣赏。

我喜欢在天津茶馆里走动,看曲艺,听相声,品戏曲。天津的茶馆都驻扎在热闹的商业区，比如估衣街的谦祥益，劝业场的天华景，古文化街的名流，等等，即便劝业场晚上关门歇业了，也有直通七楼的电梯。这就是天津“非遗”项目中曲艺和戏曲的艺术魅力，而且多少年不衰。我曾经陪着冯巩去茶馆看相声，一边看一边咂着嘴，说，都是好玩意儿。可就在二十年前的天津，茶馆里还一片萧条。天津这块肥沃的文化土地就这么养人，观众就这么喜人，可形势就这么逼人。没有好玩意儿，没有新人在成长，有多少土壤都会贫瘠。天津茶馆是一个容纳百川的大舞台，是一个能把传统艺术得以继续伸展的风水宝地。我不能早早地把天津这些“非遗”宝贝送进博物馆。我参与举办的这四台非遗戏剧曲艺系列晚会，年龄最大的八旬，最小的正当年，不同辈分的演员同操守，共献技，传统的“非遗”联络了一个大家庭。久违的小映霞上台与观众见面时讲了一句话：我很想念观众。董湘昆是坐着轮椅上台演唱，王毓宝因为身体原因不能登台，也是焦急万分。今年年初的一次传统相声晚会上，常宝霆是全国非物质文化遗产相声的唯一传承人，上台后我看见他激动的一张脸，嗓音都在颤抖，于是我的心也热起来。

想起上小学的事儿

那天路过我的小学——平山道小学，忽然想起了不少上小学的事情。

我是1960年上的平山道小学，那年平山道小学才建校一年。我上小学的时候就是自己去的，背着我哥哥的旧书包。我住的九号楼大院还有几个小伙伴和我一起去的，大家说说笑笑就走了四里地。回来以后也没有人理我，可那天我的书包里有了新书，我就觉得跟宝贝一样。我学的第一首歌曲是“太阳当空照，花儿对我笑，小鸟说早早早，你为什么背上小书包”。二年级开学的第一天，我戴上了红领巾，那时班上只有十几个人能享受这个荣誉，当时我们就照了一张红领巾合影。事过52年后的秋天，我们这十几个当初戴红领巾的同学又重新照了一次，还是那个列队方式，只不过每个人脸上都是历史沧桑了。

我第一次上台演出是三年级，自己创作了一个快板书《说说我的近视眼》，参加了全市小学生文艺比赛，在青年宫，获得了第一名。那时上台找同学借了一副近视眼镜，上去就晕乎乎的，差点儿从台上掉下来。没想到我现在真的成了近视眼，镜片越来越厚。那时我就想见李润杰，后来我就说谎，说自己是李润杰的侄子，反正都姓李。同学们都另眼看我，那时平山道小学能说快板书的不少。后来有同学揭露了我，弄得我很尴尬。李润杰在世时我说给他听，逗得他哈哈大笑。

我在班里写作文排不进前三十名，六年小学只有一次获得读范文的机会，是我五年级写的《清明节想起先烈》，在课堂上读的都是我哥哥给我写的，因为我要脸面。后来，班主任疑惑地对我说，这是你写的吗，你能写出这样的作文？我不服气地说，我大了还能当作家呢。班主任哈哈大笑，说，你要是当作家，我就给你鞠躬。前几年，我接到了班主任的一封信，信里说给你鞠躬了，没想到你真成为作家，让我骄傲啊。后来，我闺女上小学时，她的班主任就说这个孩子怎么就不如你呢。我笑着对她说，不能看现在，要看以后，备不住她还能成作家呢。班主任摇摇头走了，果然我闺女大了以后也成作家了，小时候不能写，不等于一辈子写不出。

平山道小学的足球队在河西区是二流的，当时最好的是土城小学，培养过左氏兄弟。我是小学足球队的守门员，在跟土城小学比赛时，我成功地扑出了两粒必进球。那时，队员们欢呼着扑向我，我当时回家就跟我娘显摆，我娘指指我鞋说，你那脚够臭的了，脱下来晾凉吧。我还是学校体操队的首席队员，经常在学校操场上折跟头，整整翻一圈，哪次都是掌声雷动。前不久我去青岛开会，在沙滩上我说我能折跟头，大家不信，结果我翻了一个扭了腰。我还是学校朗诵队员，但一般都会站在后面集体朗诵，前面的永远是老市长李耕涛女儿李军前，还有后来是外贸某公司老板的杨金刚，靓女俊男。我站在后面发誓，一定要站前面一次，结果我站了，闹个结巴嘴，把狼说成羊，把羊说成狼。

借粮

说起借粮这个词儿，可能五十多岁人会知道。在上个世纪的60年代初期，每月到25日这天就是天津的借粮日。这天，大家会到粮店去排队，一般都很长，需要两个多小时才能买到。那是我刚上小学不久，我娘就让我去排队，估计我快排到了的时候，我的哥哥们拎着粮袋才赶到。排队很烦的，我岁数又小，就在那跑来跑去的，跑走前一定要告诉后边的人我出去溜达溜达，一会儿回来。想想，那时候我才七八岁，现在这个年纪的孩子都坐在父母的汽车里，旁边还会有一条宠物。

借粮怎么来的呢，那就是每月国家给你的粮食，要在这天借给你吃。每月根据不同的年纪和工种会有不同的定量标准，然后配发给你粮票。我记得到了我上中学的时候，我的定量就是十八斤。我上边有四个哥哥，一个个都是膀大腰粗，定量充其量也就是二十七八斤，不够吃的。我娘就把自己的粮票贴补给我们五个儿子，其实我娘也不少吃。后来，我爸爸看实在熬不过去了，就让我大哥和二哥去霸州，找我父亲的老战友买粮食。每次我大哥和二哥都是半夜偷偷背回来，满脸都是汗水。我爸爸看到他们把粮食轮流背回来，每次都是小心翼翼地打开粮袋，用手抚摸着大米或者棒子面，像是现在人抚摸着和田玉或者田黄石。我记得在“文革”开始，我无意中发现了一个传单，上边写着我父亲偷偷去农村套购粮食，上级组织给了我爸爸降级处分。

说起借粮，一定要说借粮的粗粮和细粮的比例。我清楚记得，我家七八口人，粗粮占一大多半，粗粮主要是指棒子面或者高粱米，当然山芋也是粗粮的重要组成部分。细粮就是指白面。我家每月的十几斤白面都要给我爸爸一个人吃，也就是吃饭时，我爸爸吃的是白面馒头，我们吃的是棒子面窝头或者高粱米粥。我爸爸吃馒头时，从来没有看到我们而心疼或者内疚，总是心安理得地吃。我四个哥哥一般不看我爸爸吃馒头，不为别的，是怕自己看了遭爸爸的白眼，说你怎么这么没出息呢。我不，我会贪婪地看着我爸爸吃馒头，因为我总期待着我爸爸良心发现，给我掰一口。我娘每次都很尴尬，她希望我爸爸别这么自私，能给我留一口，但又不敢跟我爸爸直说。那时，我娘总给我爸爸买蛋糕，她觉得我爸爸是山，或者说是房子的顶梁柱。我知道我娘把蛋糕藏在哪，每次都馋得偷偷跑到衣柜的顶端，把蛋糕轻手轻脚地取下来，用舌头有技巧地舔蛋糕四沿，舔完了，把香味舔到嘴里了，留着满口的余香迅速把蛋糕再送回去。其实我娘看到过我，但我娘没说一句，你就把蛋糕吃了吧。全家真正吃细粮，一定是大年除夕吃饺子。这天，我爸爸要亲自煮饺子，一个人只能吃 15 个。我娘总是把自己的 5 个饺子，每个孩子给一个。后来，改革开放日子富裕了，我爸爸煮饺子还习惯这么煮，我说了多少遍，我爸爸总是哈哈一笑，说习惯了，改不了。

借粮中，哪次都把山芋堆得跟小山一样，粮店的人用铲子铲。山芋在天津人度过三年自然灾害中立了汗马功劳，山芋可以蒸着吃，也可以放在棒子面粥里吃，也可以炒着吃，我还曾经生着吃过。我吃了几年下来，见了山芋我就想吐。现在人们总爱在餐桌上摆上一道山芋上来。哪次我都不吃，见了就胃酸，我真是吃怕了。

中国是从 1955 年实施的粮票，一直到 1993 年才取消的。我现在记不起来，也考证不出来天津什么时候取消的 25 日借粮。其实取消这天应该让人记得，它宣布了一个计划经济时代的结束。那天我偶然发现了一张一两的粮票，上边是工农兵并肩站着，最显著的标志就是梳短发的女农民手里抱着一大捆麦子。我拿给闺女看,给闺女说起借粮。80后出生的闺女笑了笑,好像我说的是一个天方夜谭的故事。中国的变化就是这么不知不觉地进行了,只不过我们遗忘得太快了,现在应该反刍了。

再唱毕业歌

小学毕业时候正是“文革”打打杀杀的时候，班里同学还没怎么明白事理就到了中学。中学毕业时候倒是知道了许多，可那时候有的去农村插队，有的去工厂做工，有的成了小学老师，有的到马路上指挥交通，成了交警。于是，我们班就分了几批毕业，我有幸第一批毕业去了新华印刷二厂。我毕业走的时候很伤感，因为看到别的同学还没毕业，都在忐忑不安地等待命运分配。等到我从部队回来了，总想着在部队时有的战友被推荐去了清华、北大，我看着他们兴高采烈的表情就羡慕不已。回到地方后，我总觉得不会再有学上了，因为已经到了 25 岁。可是心里有上学的情结，1983 年，我在新华职大的考试榜上有名，好几百人考了个三十多名。当我坐在课桌后面，环视四周的时候，我惬意地笑了。因为班里同学的年龄参差不齐，有比我大 10 岁的，也有比我小 10 岁的。到了快毕业的时候，班上的七个男同学成了竹林七贤。大家在一起无话不谈。我应该算是比较能说的，可在这几个人面前都插不进嘴，他们都比我有学识，我说着说着就露出文化底蕴不足的怯。

1987 年，毕业前的考试复习，我们在一起温习功课。书本上的事放在一边，议论的都是国家大事，改革发展，市场经济，闹不清楚的还以为我们在开会。有时候也谈艺术，谈的最多的是京剧，还有相声。时不时地还谈书法，一谈书法我就傻眼。我们七个，大哥陈骧龙，已然是著名书法家，可惜驾鹤西去。他祖上有钱，写小楷都用金粉。那时，除了我，其他人都朝他要字。后来他问我，你怎么不跟我要字呢？我笑之，不懂，再说也没看出你那字怎么好。再后来，他的字逐渐有了价钱，我有了心，可不好意思张口了。那次，我请他给我单位写字，写完了以后挂在单位会议室，每天看着就想起过去上课的日子，想起陈骧龙活着时候的故事。二哥佟有为，不留神也成了民间著名相声演员。他脑子极好，在后台听一遍别人的相声，再上台就能跟搭档马树春说。前不久，他找我办事。晚上吃饭时，我见他戴着一副浅墨镜，神秘兮兮的。我嘲笑他神经，他一本正经地说，怕街上别人认出来。我强迫他摘下，果然没一会儿就有人拦住他，兴奋地说，你别不是佟有为吧。

毕业的时候，我们七个商量怎么唱毕业歌。后来，三哥刘学仁提议去北京潭柘寺。刘学仁也是人物，精通书法理论，也算京剧的知音。他和陈镶龙谈书法，我听着都跟天书一般。后来，佟有为也受其传染，舞文弄墨，动不动还给别人写个字。我曾经问陈镶龙，他笑着告诉我，说相声的能写到这个份上不容易了。那时，唯一能从单位开出车的六哥袁培冀开着一辆北京吉普，我们七人游览了潭柘寺，借着青山绿水，又兴致盎然地去了附近的戒台寺。还没看够，转头去了西山的卧佛寺。我不明白，三哥怎么安排的都是这个寺那个庙的。他们在谈笑风生中，潜移默化地给我讲人生，讲胸怀，讲脱俗。后来我才明白，我当时在事业上严重受挫，是最失意的时候。他们几个是有目的地去这些地方开导我，让我能振作起来。我很感动，最后在香山饭店吃饭的时候，我举杯时已经喉咙哽咽。那晚，我们住在袁培冀的哥哥家，几个人聊着唱着到了半夜。记得我透过窗户，看到西山夜色模糊的轮廓，听鸟儿在歌唱，有风在吹动树叶哗哗作响。几年以后，军人出身的四哥项东军去了美国洛杉矶经商，我和他在那重逢。谈起那次毕业聚会，他说，不光对你，对我也启迪不小。现在人与人关系像是瓷器，都怕磕着碰着，哪有同学之间那么倾心捧腑。后来，五哥盛传伟也遇到了工作压力，这几个同学对他如对我一样进行了抚慰。

我毕业已经25年了,陈骧龙大哥去世的时候,我们聚会。最小的我已经60岁,看着每一个头发花白的同学,我们毕业歌依旧在唱,依旧那么投入。

人在哪里读书?

如果在30年前问这个问题,会有多少人诧异地看着你,回答当然在书店或者在家里了。那天我乘动车去北京,周围的年轻人都用手机看东西。我简单问了问,有一些在用手机看网络小说。我一位同事的孩子才上初一,她带着孩子去内蒙古草原,就是想让孩子摆脱天天用手机看网络小说的习惯。没想到,面对着浩瀚的草原,孩子还是一门心思在用手机痴迷地看着,任凭我的同事在他耳边疯喊。

一次吃饭,我朋友带着孩子作陪,是一个上高三的女孩子,相貌很是舒雅。吃到半截这个女孩子问,我能入作协吗?这句话让我很吃惊,就问她有作品吗?女孩子平静地说,我现在写网络小说,每个月能挣好几千呢。我愕然,忙说,你不准备上大学了吗?我朋友很痛苦地说,她准备放弃上大学,因为好几个网络小说的网站要跟她签约。我不知道这个女孩子写什么能赢得这么多的网民,女孩子估计签约后每月能赚到一两万不成问题。我提醒她,你必须每天都得写,而且会无休无止地写下去,你有过思想准备吗?女孩子也很纠结,说,我不写,我的网民就会贴帖子骂我,我受不了。我问,你的网民都是什么人呢?女孩子说,都跟我岁数差不多吧。

现在年轻人的阅读方式都是在手机上,或者在平板电脑上。也确实这样,你在飞机、火车上,或者任何一个可以休闲的地方,你周围都有很多人拿着这种现代化的东西在阅读,当然小说只是一部分,看动漫的看电影的玩游戏的应有尽有。一位医生告诉我，现在患颈椎病的开始年轻化甚至低龄化。甭问，都是看这种东西看的。

以前总爱去书店，平山道就有一家特别的温馨。我经常去，爱坐在夹层上，慢慢喝着咖啡，选择一本自己喜欢的书阅读。服务台有一位漂亮的女孩子，说话声音很柔和。每次因为她我都会买一本走，后来她给了我一张优惠卡。后来没了，变成了鞋城。那天跟一个书店的朋友聊天，他说了一句话，某区已经没有一家书店了，所有书店的人都回家了，留守的人拿着出租书店的钱给大家发工资。我疑惑地问，那这个区的人去哪读书呢？他笑着回答我这个可笑的问题，现在还有多少人去书店读书呀。记得滨江道有一家书店，我也是常客，后来去找已经被商场淹没了。在我家门口有一家超市，超市的角落有几个书柜，还给看书的人留着几把椅子，是竹子的。我爱坐在那，看着一本书，能透过窗外看到外边的人和车，享受着投过来的一缕阳光。再去，已经成了卖香水的柜台。我仔细地吸吮，在浓郁的香水味道里还能吮到一点点的书香。后来我碰到一位从英国来的蔡先生，他告诉我，在伦敦的唐人街现在也只剩下一个书店了。这句话好像安慰了我，但依旧抹不平我的遗憾。前年，我去北京开全国作代会，住在了王府井饭店。我去了几次周边的三联书店，依旧有，但里边已经冷冷清清的。因为没有椅子，我坐在台阶上看着自己喜欢的书，听到有几个人进来喊着，走错了，这是他娘的书店。我的心境在破坏。

为什么要到书店看书，因为都是书，给了你一种阅读的渴望和气氛。在爱尔兰都柏林圣三一学院的图书馆，古典的建筑，进去望不到头的书，你似乎被书包围着，抚摸着，书柜的两侧都是绿荫荫的树木，你就有了回归自然的感觉。我爱去滨海新区泰达图书馆看书，就是因为隔着窗户就是草地，就是一片树林，开阔得让你竟然找不到一个边。

那年我去香港，夜晚走在一个繁华的街道里端，就开始寻找书屋，突然看见一家书店的门口有灯光。我去的时候已经快关门,我走进去里边读客还很多。我发现了一部《中央乐团史(1956~1996)》,随意浏览就有了兴致。这时,传来轻轻的声音,说已经到了关门时间,但您尽管继续浏览,我们不会催促您。这声音温馨,暖人心肺。我只好放下书籍,随着读客的脚步留恋地离开。

说来,人生像一幢三层楼的房子,第一层是物质的,第二层是精神的,第三层是灵魂的,世间大多数人就住在第一层,一辈子忙于锦衣玉食;少数人如学者、艺术家等,即专心学术、文化,更有少数人对第二层楼还不满足,爬上第三层楼去探求人生的究竟。其实,在书店里看书就是准备爬上第三层楼探求人生的究竟。

享受读书的惬意

记得那年出差去广州，飞机因为大雾的原因迟迟不能起飞。于是就在候机室里百无聊赖地等，因为就一个人，所以觉得很寂寞，因为广播里传出来需要等四个小时的消息。平常时间忙碌惯了，从早晨起来睁开眼开始，一直到晚上铺床睡觉，好像每一分钟都有很多工作需要处理，即便睡着了，白天惦记着的或者转天要办的事情都会在梦里再现。当然，在梦里办的事情都不顺利，甚至都是噩运结束。我只得在候机室里的书店转悠，无意间看到了日本作家渡边淳一的新书《浮休》。我觉得这个名字怪怪的，于是拾起来简单看了看，书里的题跋对浮休有个解释，陡然吸引了我。浮休：谓人生短暂或世情无常。语出《庄子·刻意》："其生若浮，其死若休""何必待衰老，然后悟浮休。"后边又引证了唐代诗人白居易的一句："人为天地客，处世若浮休。"为了更好说明浮休的含义，作者又通俗地诠释说，一切都是稍纵即逝的，所以要抓紧当下好好生活。

我找个清闲之处，捧着这本《浮休》进行阅读，大体上读完了，就听到飞机即将起飞的消息。说实话，渡边淳一这本新著并没有打动我什么，充其量也就是作者的老套路，男主人公久我和女主人公阿梓曾是一对恋人，但最终错过，各自成家多年后，又相逢相恋。然而正当两人沉浸于中年重新焕发的情爱中，阿梓患上了重病。面对世俗观念的压力，以及所谓的家庭责任，是离开，还是不再错失该如何选择？结尾并不出乎预料，当然是符合小说的题目“浮休”了。小说不吸引我，在飞机上，我看着窗外清凉的夜空在想，我能有多少时间为自己生活过，让躁动的心脏安静一会。在繁杂的工作里，能有多少时间稍微停下来，呼吸一下外边新鲜的空气，看看树上的鸟儿在蹦来跳去，然后捧着一本喜欢的书慢慢地阅读。我办公室外有个阳台，站在那就可以看见一棵参天大树，繁枝茂盛。我曾经听过有喜鹊在外边叫，我都忙得没时间回头看看。这时，有同事进来惊喜地对我说，你看，外边有两只喜鹊在枝头叫你呢。我总在赶着办事，跑着应酬。晚上有两处朋友聚会，我为了都参加，谁也不得罪，就把两个聚会放在一个地方。结果跑到这房间敬酒，没说几句热话，又颠到另个房间寒暄。两处的朋友都不满意，我却累得要死。有朋友不解地问我，为什么把自己安排得这么累呢，余下点时间读读书多享受啊。

我去过日本，在东京的地铁，我看见所有的年轻人都在电梯里跑，岁数大的则站在一边闪开路。我问过日本的一个朋友，他说，都在赶工作，站在电梯上会浪费时间的。我去过成都，很少看见街头有人快走，都是慢腾腾地走，边走边吃什么，或者嘻嘻哈哈地聊天。我问过成都的朋友，他说，为什么要走这么快，在这么漂亮的街头漫步多惬意啊。实事求是地讲，也不是日本什么都快。我在东京的银座，随意走进一个书画廊，上面是超市，乱哄哄的。可走进书画廊里边却很安静。所有的书柜很高，需要竖梯子才能到上层。让我比较惬意的是有舒服的椅子，可以挑完了就倚在那里翻阅。尽管都是走动的读客，但每个人的脚步都很慢，像是走太空步。我拿下了不少自然风光的画册，看到的是鸟儿在空中飞翔，或者梅花鹿在田园里散步，再有就是漫山遍野的樱花盛开。其实看书也是养眼，养眼了心境就开阔了，纷乱的脑神经也随着梳理。我看到一个日本女孩子在看书，没有头部，只有伸出来的一条长腿，光洁如玉。我想过去看看，但抑制住没有动，就让想像在蔓延。有朋友喊我要走了，我离开时看到那条腿已经没有了，似乎吮到了一股淡淡的清香。在书屋看书是浪漫的心所，也是知识表演的舞台，是那么姹紫嫣红。

前不久，我出版了一部长篇小说《红色浪漫》。由于跟出版社定的书不多，我就想找出版社再买。女儿知道后不屑，说，找那麻烦，随便上网就能买到折扣最大的。转天，她高兴地打电话给我，说买到了，能打七折呢，你说要多少本吧。问起周围的年轻人，他们都说已经不去书屋买书了，上网购书多方便呀，到时有人给你送过来。我听完觉得很不以为然，不去书屋买书，还有那闲境的味道吗？

我去北京看话剧，一般都爱在北京人艺剧场附近的三联书店逛逛。那里很安静，下到底层游走在书柜之间，随意抽出一本喜爱的书，站在那静默地翻阅，黄昏时能有一束橘黄色的光亮照在书页上，显得捧书的两手也有了温暖。其实到那里读书，就是想让心静下来，因为心浮的时间太久，你想让它静下来都很难。只要我一走出那书屋，心就在繁华嘈杂的街道上浮上来，如是皮球，在水里怎么按都按不下去。

说起三联书店，去年我去香港，是秋天，走在一个热闹的街道里端，就开始寻找这个书屋，突然僻静了许多，就看见三联书店的门口灯光。我去的时候已经快关门，我走进去里边读客还很多。我发现了一部《中央乐团史(1956～1996)》，随意浏览就有了兴致。作者透过中央乐团的历史，折射了西洋音乐引进中国的百年历程。不一般的视角，细致化的人性描写，暗藏千军万马的春秋笔法。这时，传来轻轻而又静静的声音，提醒你已经到了关门的时间，但你尽管继续浏览，我们不会催促你，你也可以慢慢离开。这声音特别温馨，暖人心肺。我只好放下书籍，随着读客的脚步留恋地离开。我到了时代广场，旁边的人都疯狂地扑进了金店或者莎莎，商铺的音乐声很大，压得我喘不过气来。听说九楼有书屋，我就直接上观光电梯到了那里。果然书屋很大，英文书居多。我就尽快到玻璃门的另一端,享受那一份静谧。在中文的书海里,更多的是小资味道很重的都市言情小说,封面装帧都很精致,画的插图也很浪漫匠心。我不怎么爱看,觉得都是爱情天堂的故事,显然与我不太相符。还有就是风水和马经的书,五花八门,弄得你不知道是真是假。如果我是女人,当然有很多烹调的书,里边的插页都是彩色的,佳肴造型新颖,看得你涎水四溅。我在一个角落,看到有香港版的世界名著专柜,挑了一本我喜欢的奥地利作家茨威格的《象棋故事》。看累了,换了一个姿势,发现玻璃窗那端是星巴克。我随手买下,到那里买了一杯卡布奇诺慢慢地喝,翻阅着茨威格给我描述的那个海景,那艘充满神奇的游船,那一场激动人心的博弈。

有的记忆永远不会忘记

前不久检查身体，有一项指标不知道什么意思，后来咨询大夫，这项指标关乎老年痴呆，我的这项稍微差一点儿。我很紧张，就觉得忽然好像许多重要的记忆都忘记了。有懂行的朋友笑着告诉我，没这么可怕，你就是注意一点就行了。可我还是畏惧，因为一个作家是不允许忘记过去的，忘记过去就意味着停止写作。真的觉得有些东西记不住了，甚至一个很熟悉的朋友都会突然喊不出名字，弄得我和对方都很尴尬。于是这个朋友又告诉我，很正常，每个人都有忘记过去的时候。

于是，我仔细回忆着过去，有什么记忆还清晰地保留在脑储存里。我想起我小时候搬家的情节，那是 1958 年的夏天，我父亲还在市房管局当处长，算是一个有权力的人。可我们搬家就是一辆小推车，从长沙道搬到吴家窑大街。来来回回整整一天，哥哥们推车，我在后面跑着，怕丢失什么。那年，我才 5 岁。我记得 1960 年上小学，父母没有理会我，我就背着小书包，一个人从家走到平山道小学，走了十多分钟。回来以后，也没有人问我，我就嚷了一句饿了。那年我 7 岁。三年自然灾害，我大哥从食品厂弄来一兜子肉头儿，我母亲炖好了，香味乱窜。我吃了一碗，然后在大院里疯跑，因为母亲说了，你不去跑四个小时就撑死你这小兔崽子。那年我 9 岁。1970 年秋，我背着一把京胡去北京参军，我母亲站在阳台上送我，朝我招手，我眼泪打湿了眼睫毛。那年我 17 岁。1974 年，我的入党介绍人刘长根排长，江西人，是 1969 年入伍的，给了我一张入党志愿表，对我说，你入党了，告诉你母亲。我哭了，然后回到家属宿舍告诉母亲，母亲气哼哼地说，你那么晚才入党还好意思说。1978 年 4 月，我从部队回到天津，拿着自己发表的作品去了群众艺术馆，敲开了刘梓钰副馆长的办公室，我不认识他，他更不认识我，看了看我的作品点点头，说，你等着吧，我会推荐你。一个星期后，我如愿到了群众艺术馆，就这么简单，也没有任何关系，没有花一分钱，说一句客气感谢的话。别人看着正常，我也觉得应该这么简单，那年我 25 岁。

记忆就像一颗种子，种到脑海里就开始生根开花。记忆就像一部老电影，什么时候想看打开你就会热泪涟涟；记忆就像是过滤器，你当时认为重要的或许几年后就成了垃圾，早就忘记了。可你当时觉得没什么的，多少年想起来就觉得发生在昨天。留下来的记忆就是感情和亲情，没有一件是功利的金钱的物质的。1989 年 11 月 13 日，我母亲忽然去世。文友肖克凡、牛伯成、桂雨清、闻树国等过来，他们四个人抬起了我母亲的灵柩。我看着他们的背影就觉得喉咙发酸，因为他们抬得十分小心，嘴里不住喊着，伯母，您慢走，您好走啊。没想到时过多年，桂雨清和闻树国都英年早逝。那年我 36 岁。1999 年 5 月，我父亲执意要回老家河北省安平县去看看，于是我四哥和我的朋友韩富华开车，一路上父亲不断地给我们讲述他在这里搞地下工作的经历，如数家珍。那晚，我父亲跟乡亲们聊家常，满屋子人，满屋子的笑声。回来后的两个月，我父亲撒手人寰，我从重庆赶回来，看到的是父亲最后对我等待的眼光。那年我46 岁。2012 年的5 月25 日，一群好友在聚会，开始什么也没说，就是大家在一起唱歌喝酒。记得歌唱家李华典站起来给我们唱《我的太阳》，震得我耳朵发蒙。于是，大家就轮流唱歌，不管是专业的还是业余的，唱得虚气，实气，阳气，清气，浊气，福气，晦气，是气体都让它流动喷涌。散了大家才知道，那天我生日，那年我 59 岁。

错过了，就回不来

有些错过了能回来，但有些错过了就回不来，比如时间和感情。

去年秋天，我一个澳大利亚的朋友回国探亲。我和她认识十多年，她也算是我一个学生。去了澳大利亚后就一直没见过，只是通过电话。我保存着和她在海南的一张合影，看她那时很年轻，我也正当年。她回来后就跟我通电话，说一定要见面喝点咖啡。我说，要吃饭，你想吃什么就吃什么。她告诉我要在天津待上三个月，有的是时间。就这么她找时间，我找时间。找到了快结束三个月的探亲了，她告诉我一定见面，要不然就走了。那时我觉得手头事情很多，她好像也在天津和北京之间跑自己的事。深冬了，我忽然觉得有了时间，就马上给她打电话，但这时她临时的天津手机已经停机。我意识到她已经走了，于是给她在澳大利亚的手机打电话，回答也是停机。我有了焦急感，好像这个朋友一夜之间蒸发了。我谴责自己这么大把大把的时间怎么就没珍惜呢，又回忆一下，也没有什么特别重要的事情必须办呀。春节期间，我收到了一个祝福短信，看名字是她的，竟然是天津的号码，我马上给她打过去才意识到是一个重名的人。

曾经在天津京剧界很有名气的旦角吴绵绵跟我是同事，我没有姐姐，就一直把她当作自己的姐姐。因为吴绵绵经历很坎坷，婚姻的不顺，事业的挫折，都让她曾经美丽的人生变得很糟糕。但她从来没有放弃过自己的京剧，她受过梅兰芳的几次亲传，她的《贵妃醉酒》和《霸王别姬》都享誉梨园。退休后，在一次体检中发现了喉癌。病情发展得很快，我每次见她都发现在消瘦，可以说是骨瘦如柴。她说不出话，每次我们见面都用手语比划。我很伤感，她的嗓音曾经那么美妙，那么婉转，那么魅力。她恳请我多来看她，因为她觉得自己离开这个世界的时间不长了，我答应了，而且是握着她的手应允的。可又是忙什么事情，但心里总是忐忑不安，总提醒自己要多去看吴大姐。也是秋天的一个周末，我接到她儿子的电话，说他妈妈一早去世了。我匆匆赶到她的房间，看到在那张狭窄的床上，吴绵绵躺在那里蒙着一条洁白的被单。我眼泪夺眶而出，她儿子闷闷地对我说，叔叔，你答应过要过来看我妈妈，我妈妈一直等着你，你为什么没再来！我无言以对，我忙什么呢，我为什么不过来陪陪她，她多么希望我守在她跟前，在弥留之际跟她说说话啊。

我的一个朋友患了绝症，他对我憧憬着，我想去趟法国巴黎，我想站在埃菲尔铁塔上边看看风景。我对他说，你渴望去就去，错过了就回不来了。他不好意思地说，这就是我的一个愿望。我说，是你很重要的愿望吗？他点头，我说，那就实现自己愿望，觉得自己人生没有留遗憾。我那是觉得他在做准备，当然主要是钱的准备。一个月以后，他欣喜若狂地告诉我最后检查结果不是绝症，他是一个正常人了。我对他说，你还去巴黎埃菲尔铁塔吗？他笑了笑，说，以后有的是时间，就不用着急了。事情过了两年，他已经退休了。我再也没听他谈起去巴黎的事情，我想，他错过了，虽然还能去，但去不了。

失眠是只纸老虎

现在见到朋友不再像以前问你吃了吗？或者你忙什么？而是问你睡了吗？

随着现代化的节奏越来越快，每个人不断变化着竞争角色，社会压力也开始大起来。以前简单的睡眠变得不再简单了，失眠成了大问题。记得已故天津影视作家桂雨清就怕睡觉，我亲眼见他吃一巴掌的舒乐安定，看得我毛骨悚然。后来，他连续不断地接剧本，舒乐安定不解决睡觉了，就开始吃速可眠。开始我不知道速可眠怎么回事，后来一位医生告诉我，给你吃一粒速可眠，几分钟后你就能倒下。可桂雨清吃四五粒速可眠，晚上看见他依旧没有睡意。据说，现在高中生失眠的越发增多，距离高考越近失眠程度越高。今年高考前，我一个朋友孩子睡不着觉，主要是父母给他的压力太大，说的都是很残酷的话，什么考不上就如何如何了，听起来都是天塌地陷的事情。我朋友要给孩子吃安眠药，我叮嘱他千万不能吃，吃了转天一定昏沉沉，影响情绪。朋友问我，那睡不着怎么办？我说，只要你闭住你的嘴，孩子就睡着了。因为一切失眠都来自外部环境，来自语言氛围。这些都扫除了，心就安静下来了。

所有的失眠都有一个背景，或者说有一个重要原因。比如我，我当副手的时候睡觉很香甜，想着什么事情都由一把手顶着呢，我就是打补丁。后来我当了一把手，立马就严重失眠，因为一切事情你得总决断。对了，当然好了，一旦错了后果就自负了。我整整失眠了半年多，体重急剧下降了十几斤。在恐慌中开始吃安定片,吃多了就感到害怕,怕有依赖性,就想尽各种办法找能治疗失眠的疗法。凡是报纸上刊登能治疗失眠的医院,我都力争跑去看看。有个好朋友看我实在难受,就联系青海给我邮寄来藏药,专门治失眠。那种藏药是药面,就着水吃,吃起来很苦涩,吞完一天嗓子眼儿都是堵堵的。吃了一个疗程根本没有动静,照样睡不着。我睡不着的时候就看书,看得都是心理学方面的,越看越紧张。一上床就祈祷,一定要睡着,千万不要有睡不着的念头。就这么样无限反复,肯定睡不好。我一个朋友说,这就是暗示,暗示的效果很厉害。别人一句话,说着无意,你听着有心,于是就暗示自己。我朋友说,你要是再睡不着,一年下来就有可能得抑郁症。我当时还笑着跟朋友说,你别开玩笑,抑郁症不是那么好得的。朋友说完拍拍屁股走了,晚上我就想着这句话,害怕了,要是再睡不着得了抑郁症怎么办,那就有可能自杀。一想到自杀,睡意早就没有了,眼珠子瞪得比白天还圆。说来,我失眠治愈没有吃什么特效药,就是单位遇到好的转机了,全额拨款落实了,单位房子解决了。好事一来,我不知不觉就睡着了。等我能睡觉了才体验到好处,就是精神放松了,情绪快乐了,吃饭吃香了,走路腿有劲了,以前不想做的想做了,比如在河边溜达溜达,比如放风筝疯跑,比如嘎嘎地大笑,比如见了漂亮女人喜欢多看几眼。

凡是失眠的都离不开官位的变化,职称的升迁,失恋的降临,孩子的压力,老人的突然患病。你认为是你的,结果不是你的了,肯定你有了失眠的资本。你认为是你的朋友,结果朋友背后给了你一刀,你就有了报复的准备,仇恨也能导致失眠。再有自己给自己定的工作和生活指标过高,你怎么努力也完成不了,比如住房和买车,看谁都比你好,谁都比你强,你就有了欲望。欲望就是失眠的好友,欲望多了失眠就自然找你多了。还有给自己压担子,在工作上没有金刚钻就别揽那么多瓷器活。你越想干好,干完美了,就越有焦虑情结。所以,完美主义者没有一个不是失眠的，因为你总能找到自己的不足，就恨自己，随着就抱怨别人。最后当然是失眠，就让你睡不着，瞪着昏暗的天花板数到一千一万照样精神抖擞。

其实失眠是只纸老虎，一捅就破。什么事都想开了，都学会扔脑后头了，该睡时就能睡，该醒时就能醒了。

我想起我的初恋

看完了张艺谋的《山楂树之恋》，我心动许久，不由想起我 34 年前的初恋，想起秋冬的那个夜晚。

记得在我快复员的前夕，我娘到北京看我。没想到突然发病住进了北京军区某医院，一住就是八个月。我隔三差五去看望，那时我笨手笨脚的，常常把袜子和裤衩一块洗。伺候我娘的差事大多由一个秀气的女老师负责，她母亲因为心脏病，就挨着我娘住。我娘生了五个小子，就是没有闺女，见了她总喊她闺女。女老师就照我的称呼，向我母亲喊娘，声调特别亲切。我在家行五，日子久了，女老师就喊我老五。我觉得不见女老师心里就空落落的，许是初恋缘故，我很少单独和她在一起，那种耳热心跳的感觉现在回忆起来好像在昨天。女老师对我倒很大方，当着她母亲和我娘的面总爱和我聊天，那双眼睛常常盯着我喘不过气。我和她的交往就是借书和还书，然后谈读后感。两人谈到一起时，又总是激动不已。我娘和她母亲在一边总是笑，笑我们发痴。当我们朦朦胧胧的时候，我娘早看出我们之间那点意思，但就是迟迟不表态。

有一次，女老师对我娘开玩笑地说，把你家老五留在北京吧，北京有发展。我娘对我这个老儿子视为宝贝，哪舍得放我，警惕地说，不行，他不能离开我。女老师笑了，他那么大人了，还离不开您哪行啊。我娘不再说话，女老师也没再问。我娘病愈出院前，女老师找我，两个人在医院的花园里来回走。那时不懂得说什么甜蜜的话,明明知道手拉着手就是一种幸福,但也都是故意装得很正经,谁都不会去触动谁。我说,我准备复员回天津。女老师忽然哭了,说,我母亲有病,我不能离开她。我对你母亲这么好,你就不能跟你母亲说说,把你留给我?我跟娘摊牌,帮助我娘回忆在她住院的日子,女老师怎么伺候我娘的,为我娘洗脚,甚至擦身上。有时,我娘尿尿不方便还给接尿,掏大便。我娘爱吃西红柿,那时已经入冬了,买不到西红柿。女老师跑到郊区,找到大棚里,拎来一兜发青的西红柿。菜农说,别马上吃,要在温水里泡泡。女老师就回家,在盆里沏上温水,把西红柿泡上。她这人痴心,时不时用手去试温度,只要凉一点儿就立马续上热水,三个小时没有停闲过。然后,捧着软软的西红柿送给我娘,把皮剥净,递给我娘。我娘背后要起褥疮,大夫说得经常按摩。又是女老师,天天给我娘按摩后背,直到大夫说行了。我对我娘说,就这样人家怎么就没感动您呢?我娘说,我喜欢她,但我不喜欢她母亲,你跟了她,就得受她母亲一辈子的委屈,你行吗?

我最终还是依了我娘,没有和女老师继续发展。女老师苦笑着说,你娘给了你什么,让你这么俯首听命。我说,我娘给了我一条生命。我复员离开北京时给她家打了个电话,我对她说要复员了,后天就走。女老师说,你想见我?我说,是。女老师沉了沉说,还有什么意思吗?我羞愧地说,你不想见就算了。女老师说,来吧。她家在北太平庄住,那是一个深冬的夜晚,我到她家时,她在楼外面正等我。女老师说,别上我家了,我母亲见了你也别扭,咱俩走走吧。于是我们步行,从她家一直走到西单,足有十几里地。天特别冷,她穿着棉猴,只露着两只眼睛,就这眼睛烫得我脸颊通红。不能再送了,天太晚了,马路上空荡荡的。女老师拉着我的手,这也是我们第一次接触,也是最后一次。她说,分手了就不要再联系了,彼此留个感情空间吧。我嗓子眼发酸,什么话也没有。很想拥抱她，但不敢。估计她也想，眼巴巴看着我。两个人憋了一会儿，我把她的手松开，她失望地对我说，你是我的初恋。说着她泪如雨下，转身上了最后一辆公共汽车。汽车屁股冒着一缕缕的青烟消逝在夜色里。此后我就再也没看到过她。

后来，一个偶然的机会，我在护国寺的胡同口遇到她妹妹，她妹妹和一个男人要去人民剧院看戏。我和女老师好的时候，她妹妹还在上中学。是她先认出我，便率先走过来。她不喊我，而是歪着脑袋看我，把我看得不知所措。我也逐渐认出她妹妹，便上前询问她姐姐的情况。她妹妹说，我姐姐结婚了，生活得不好，但你也别再打搅她了。又过了几年，我出差去北京便跑到北太平庄，四处寻找她的家。但灰色的旧楼已经没有了，全是清一色的高层住宅。我又跑到她所在的学校，校舍已经没了，变成一个超级大商场。我执意去打听，有人告诉我，学校早就撤销了。过去熟悉的一切都没了，都消失了。而代替的是现代化的设施。女老师在哪呢？她现在是不是好些了呢？

人物坐标

扛起骆派大旗的刘春爱

京韵大鼓在天津很有脉络，几十年的发展和传承，涌现出了多个流派，刘派、白派、少白派、骆派，真可谓流派纷呈，姹紫嫣红。但这么多的流派，只有天津的骆派被评为国家级非物质文化遗产。而曾经的京韵大鼓强势刘派却没有上榜。此外，深受观众喜爱的白派也没有被评为“非遗”项目。当然，骆玉笙老先生的功劳无限，这个应该感谢她，是她把京韵大鼓推向了一个高峰，而且让更多的人领略到京韵大鼓的艺术魅力。可惜，骆派的京韵大鼓在评选国家级非物质文化遗产传承人方面是个严重的空缺，我衷心希望陆倚琴、刘春爱能成为骆派京韵大鼓的国家级传承人，这将为骆派艺术的传承和发展起到一个至关重要的作用，有了领衔人，就有了接班人，比如冯新蕊等。有人扛起了大旗，就会有更多的跟随者，这是一个特别高兴的事情，恰恰就说明骆派在天津的深入影响。

很多业内人讲，现在是天津鼓曲发展的春天，我赞同。但是在春天中也有一些寒冷，鼓曲的衰落已经看到了冰山一角。我觉得陆倚琴年岁已高，那么刘春爱身上的担子就重了，这几年来由于门派的壁垒，或者说是老一代艺术家相继故去，后辈人还不够自信或者其他很多原因，我们的鼓曲是处在一种被相声边缘化的境况，这是一种不争的事实。新的作品没有，优秀的传统作品又跟不上，挖掘整理几乎没人去做，现在是“剑阁闻铃铃声不断，子期听琴琴声不停”。就是说我们从骆派京韵大鼓的舞台上,除了陆倚琴和刘春爱以及后起之秀冯新蕊少数人以外,更多的业余演员大都在演唱《丑末寅初》、《剑阁闻铃》、《子期听琴》等十分熟知的段子。除了这几个段子就没有别的了,翻来覆去,骆玉笙老师这么多段子有没有可以重新整理,再度登台的呢?

曲艺作家朱学颖曾经创作了《白妞说书》,经陆倚琴在舞台上演唱后风靡一时。这个段子的文本很有文学性,处理的唱词也很别致,有情有景,有人物有故事,是个难得的精品。我们有个传统观念,谁唱的别人就不能再唱了,没人唱了,就要准备进博物馆。《白妞说书》是我认为新时期京韵大鼓新作中的一个特别优秀段子,目前就空寂在舞台上甚为惋惜。举一反三,骆玉笙一生中演唱了很多经典段子,她在晚年还致力于新作的演唱,从来没有满足自己演唱新段子的欲望。那么,现在骆派京韵大鼓很多的经典作品没有人唱,当然也没有人想唱,眼睁睁看着这一批经典作品随之消失,这是让我感觉特别可悲的。

传统的经典段子没人唱,新作品更是无人问津。很简单,现在谁来写骆派京韵大鼓的作品?朱学颖等一批创作老前辈都已经八十多岁,再提笔很困难,思路也不会像先前那么敏锐和睿智。现在还有年轻人从事写作,比如市曲艺团的杨玉婕,我就很看好她。今年我们天津选中的全国“群星奖”作品,就是张玉恒谱曲、杨玉婕创作的《总理与病童》,是由业余骆派演员李光荣唱的,在广东、深圳比赛现场登台就获得满堂彩。但我希望不能只靠业余演员出声音,专业的骆派演员要能演唱新作品,比如冯新蕊。但是现在方方面面的顾忌多,就怕演唱新作品会效果不好,观众不喜欢,受累不讨好。我想,我们不能要求刘春爱一唱就是精品,一唱就得大红大紫。每一个成功的作品都会有一个酝酿成熟的过程,我觉得,新作品不是刘春爱和冯新蕊一两个人能扛起来的,需要有一批演员尝试着去做,当然前提是得有新作品。我感到很悲哀的是,北京文联和北京曲协给刘春爱成立了一个刘春爱的骆派研究会,我们天津这方面反应比较迟缓,研究骆派,发展骆派是天津必须完成的任务。骆玉笙大师的去世,应该是我们京韵大鼓在近代史上一个很大的悲哀。刘宝全去世代表着一代,那么骆玉笙去世代表第二代,现在我们已经到了京韵大鼓无大师的时代。陆倚琴、刘春爱和冯欣蕊作为大师讲与骆玉笙差别比较大,就是她们还都处于模仿大师,难以有自己作品的问世,这也是制约着京韵大鼓发展的瓶颈。

另外,让我很担忧的是前不久看到一个十几岁的孩子唱《丑末寅初》,让我感到骆派的传承问题出现了问题。听孩子演唱的节奏和腔调,都是骆玉笙晚年唱的节奏和情绪。我们现在所唱的京韵大鼓全部出现这个问题,走入极大的误区。骆玉笙晚年受到岁数的限制,只能把节奏放慢,只能让嗓子尽量的舒服些。或者说,记忆力的衰减,唱起来就不能驾轻就熟,游刃有余。但现在孩子们这么演唱,认为这就是骆派京韵大鼓的节奏,这就是骆派京韵大鼓的精髓。我们要是再不清源,再不引出正路,就是误人子弟。听听骆玉笙上个世纪 50 年代录制电影时唱的《丑末寅初》,她的激昂,她的豪放,她的节奏,是那么富有表现力。现在的孩子都唱成她八十岁的感觉,就觉得一种苍凉。真心希望陆倚琴、刘春爱等人能扛起骆派发展的大旗,把真正的骆派传承下去,让年轻的观众看到骆派的艺术真谛。

想起天津两位大师：马三立、骆玉笙

看微博才想起来，马三立大师去世已经整整九年，在这里怀念这个可爱可亲的老头。他开创了平民相声的口语化和生活化，最重要的是没有上韵的口白，节奏不连贯，好像总是在想，可听起来却那么自如大气，现如今这样的表演凤毛麟角。

一晃，大师过世九年，其实我们现在舆论有个误解，就是现在年轻人说相声比过去的大师好，实在说，相比较差距越来越大，比侯宝林，比赵佩茹，比马三立都是无法接壤的，特别是相声文化的底蕴，以及火候和基本功。很多年轻人一说相声里的贯口就能看出来，快而不清，乱而不美。我曾经借着做节目讨教了李伯祥很多故事，比如为什么侯宝林选了他给侯跃文当了带拉师弟，以及侯宝林跟李伯祥师傅赵佩茹的关系，以及他对刘宝瑞的高度评价。从李伯祥讲的能体味出，过去大师们对基本功的训练是从小就有的，可谓童子功。李伯祥说，他们从小就举着一张白纸练习吐字，不允许白纸上有唾沫星子。《扒马褂》这么多人，包括很多青年演员，我认为最好的还是郭荣启、赵佩茹、马三立那版。他们的表演叙述风格一绝，谈笑风生中的表演，让观众觉得他们在聊天。这点，对年轻演员是很难学到的。应该说，当下一大批青年人热爱相声是件极大的好事，他们吸引着大批年轻观众。但我也有很大忧虑，那就是应该像马三立这样的大师多学习，千万别把相声说浅了说白了说俗了说歪了。我亲耳听到一个青年相声演员聊天时说，相声有嘛，不像你们说的那么复杂，我站在台上就能把观众说乐了。听罢，我一身的冷汗。

骆玉笙去世算起来已是十年，我是喜欢骆派京韵的。在她老人家在世时，我就是她的迷，等于现在的粉丝。但我想要听听骆玉笙上个世纪 50 年代唱的《丑末寅初》，那才是骆派的精髓，速度和节奏都比她后期的要快，而且声音很是清亮，处理得也很紧凑。可惜现在学习骆派的都是学习老人家七十多岁的，天津话讲走界了。我在微博上说出这个观点后，有的朋友认为，前期的骆玉笙有刘派的痕迹，后期的骆玉笙历经了沧桑，清亮中加入了深沉委婉，这时才形成我们习惯的骆派风格。我不太同意，骆玉笙到了晚年必须这么唱，因为气力和年岁的关系，论真正成熟还是她在上个世纪的 60 年代，虽然有刘派某些痕迹，但十分动听悦耳，富有成熟的艺术魅力。我忧虑现在没人研究骆派，或者说骆派正处在都喜欢唱，但却没人琢磨的时期，当然，不光是骆派，京韵大鼓中刘派和白派不也一样吗？前不久我听了赵学义的白派《孟姜女》，感觉韵味十足，真是一种享受。现在年轻演员王莉唱白派，应该很不错。但你听她和阎秋霞就有不一样的地方，其实也是好事。但哪不一样，哪一样，估计连王莉本人都不太分析。

天津是曲艺之乡，两位大师在九泉之下也盼望着我们能把这块沃土培育出新的大师。

一丝不苟的曹元珠

我和著名河南坠子表演艺术界曹元珠老师相识在上个世纪的80年代中期，那时，我还在市群众艺术馆担任文艺部主任。我记得，当时天津对文艺人才的辅导很热，尤其是曲艺。群众艺术馆仅曲艺课就开了有七八种之多。有一批著名的演员和专家被我们邀请到馆里授课讲学，算来，授课时间最长，给我留下印象最深的就是曹元珠老师。

当时的曹老师正值中年，在河南坠子的表演艺术上正是最成熟期。她为人朴实无华，精力旺盛，辅导十分有热心。那时她的家在南市附近，到馆里辅导从来都风雨无阻，十分准时。没有一次是学生等老师，有时候甚至是老师等学生。曹老师为人很热情，脸上总是浮现出一种微笑，那微笑发自内心。我曾多次和馆里的其他辅导干部谈起曹老师的师德，鼓励大家向曹老师学习。曹老师辅导时我经常在旁边观看。她不但是做示范，更多的是讲段子的主题思想和表达内容，讲为什么要这么演唱，为什么要变换情绪，为什么要用高腔，为什么要做这个动作。现在想起来这是一种很新的教学方法，就是把戏曲导演的现场手法演绎在曲艺中，从段子的人物性格出发，而不是简单地我唱你学，我表你演。

记得在曲艺培训班里有一个曹老师得意的学生，人很淳朴，嗓子条件不错，就是反应不很快。曹老师对她下了很大的工夫，真是手把手地教。我曾经注意，曹老师教课眼睛一直专注地盯着学生的表情，从来没有流露过不耐烦的情绪。很多的眼神是鼓励,充满了信任。在这种眼神中,学生怎么能怠慢,就认真地演唱。后来,我把曹老师的眼神教学法跟不少同事讲,让大家学习这种对学生的尊重,对艺术的高境界。曹老师做示范也很认真,从来不马虎,每次示范都像在舞台上演出,丁是丁卯是卯。一次学生不理解,她就做两次三次,直到学生彻底明白。

曹老师跟许多著名艺术家一样喜欢她的学生,把学生当成自己的孩子。记得当时有个学生家住郊区,来一趟市里不容易。曹老师对她格外照顾,有时候甚至跑到学生家里上课。艺术馆找不到合适的拉坠胡人员,曹老师就把自己的儿子找来为学生伴奏,而当时她的儿子也很忙,可为了母亲也只得奉命行事。后来,曹老师在中国北方曲艺学校任教,有个学生的男友在毕业安排工作上有困难。晚上,曹老师跑到我家,恳切地请我帮忙,说帮帮这个学生吧,她的男友有了落脚处,会对她的发展起到很大好处。我觉得为难,可看着曹老师的那眼神,又无法拒绝。后来,我为她学生的男友办成了工作。我看到曹老师高兴的劲头比她学生都强烈,她像孩子般地拉着我的手,说了一堆的感谢话。想来,跟这样的老师学艺,当学生的真是福分呀。

我很喜欢河南坠子,这个曲种音乐性很强,唱腔有旋律。而对河南坠子的这种印象来自曹老师,她改变了我对曲艺的某些误区。我曾经写过一段河南坠子《赶集》,纯粹是照猫画虎。曹老师拿到以后一边给段子谱曲,一边给我讲河南坠子的曲调。她为我的作品谱完曲子,就唱给我听,告诉我为什么要这样处理。听她谱的曲子很新鲜,既有传统的基调,更有独到的变化。我很佩服曹老师接受新事物的敏感性,她从来不固执地坚持什么,而是随时听取别人的意见,来丰富自己。通过她的讲解,我了解到河南坠子有这么丰富的旋律变化,能欢喜,也能悲伤,能高亢,也能低沉。听着富有民歌性,可你要学唱,很难找到它的真谛。我有幸在剧场观赏过曹老师精湛的河南坠子表演,很有创造性。她擅长在合情合理中让情节发展，揭示矛盾，塑造人物，很快就能抓住观众，让你跟着她的眼神走，随着她的情绪变化而动情，听着她的唱腔而陶醉。我想，曹元珠老师的河南坠子完全可以说有了创新，没有照搬哪宗哪派，有了自己独特的风格。像一潭清水在山涧里流淌，哪深往哪淌，无拘无束。可是你又很少听到曹老师议论别人的短长，提起其他派别，她总是说，河南坠子艺术应该百花齐放，各有千秋。

曲艺的发展就得像曹老师这样，继承传统的精华，但又不能被传统框住。河南坠子青年演员张楷有幸成为曹元珠老师的弟子，而且是得意门生。曹元珠为人朴实无华，精力旺盛，辅导张楷很有热心。当时张楷的家在大港，按照她说的，天天在学校里摽着曹老师。我曾经和曹元珠几次聊起张楷，你从她脸上可以看出对张楷是那么喜欢，脸上总是浮现出一种骄傲的微笑，那微笑发自内心。我曾经给张楷创作过一个段子，张楷设计完唱腔后兴冲冲找到我，给我演唱，从她的演唱方式看就是继承了曹元珠的演唱方法。说来，张楷是从段子的人物性格出发，而不是简单地谱顺畅就行了。在这种眼光中，张楷怎么能怠慢，就用加倍的认真演唱来报恩。有人说张楷生活做事认真，在台上表演也认真，从来不马虎。我听过她演唱《宝玉哭黛玉》等段子，每次都看见她流泪。我不太理解，说要懂得节制。张楷则不然，她说，老师说了，上台就是要投入，投入了眼泪自然就掉下来。

一晃，十几年过去，我有次听完张楷的演唱对她说，你老师在你身上又发展了，你应该在你老师基础上还发展。我把这话对曹老师说过，曹老师高兴地笑了对我说，你说的就是我心里话，河南坠子不发展，不创新，不进步，就要被淘汰。

感谢曹元珠为天津的河南坠子付出这么大心血！

点滴之处品苏式相声

近些年来，对我国相声艺术的评价几乎众口一词，那就是相声的不景气。主要表现在新作越来越少，题材过于狭窄，表现手法单调，格调陈旧。其实还有一个根本的症结，是我们回避的，那就是相声演员表演的方式越发趋同，看一个演员的表演就能看出一群演员的风格。而在相声界名望很高的苏文茂先生，却在趋同的表演风格里很早就跳出来，独树一帜。

在六十多年的艺术生涯中，苏文茂本着对艺术的执著追求，刻苦学艺，视相声艺术为生命，然后集各位大师的优长于一身，形成自己的独特的苏派风格。他一反相声表演力求火爆和热闹的做法，独僻蹊径，以文哏的方式见长，文而不温，含蓄隽永，文雅俊逸，入活时铺平垫稳，高潮时文采飞扬。

相声演员在台上都自称是家，说相声演员的肚子是杂货铺，而那只是台词。能够做到台上表演具有书卷气的，我觉得苏文茂是现在硕果仅存的艺术家。他将相声的文哏艺术推上了前所未有的高度，无形中也逐渐把自己的风格固定下来。观众听苏文茂相声，等待的就是他这种不温不火的娓娓道来，就是那么用小火炖着，慢慢把味道全都浸透在浓浓的香汤里边。观众随之也静下心来，沉浸在他所设置的氛围里，享受相声那原有的魅力。

应该说，当今相声的某些滑坡，更准确地说是因为走向做作、空洞和庸俗。原因自然很多，但就总体而言则是生活底蕴的不够。在相声创作的过程中，作者考虑更多的是技术性的包袱，而较少对生活底蕴进行开掘。一般情绪的宣泄取代了对艺术的抒情，琐碎生活事例的罗列取代对艺术形象的塑造，如此等等。苏文茂表演的相声则是在生活中广泛开掘，找出细节的甚至琐碎的题材，然后加以发挥和夸张，他找的点都很准，或者说都是老百姓经历过的但没人提炼的。比如脍炙人口的《扔靴子》，那另一只没有扔出来，就是夸张在真实中产生，细节在高潮中诞生的经典。他的《批三国》就是在真实的《三国演义》中找重合点，找夸张的切入点，然后在观众中找共鸣。而《文章会》、《美名远扬》、《废品翻身记》、《高贵的女人》、《新局长到来之后》等享誉曲坛，成为当代相声艺术的经典之作，都是从生活中寻找出来的，先是塑造人物，然后在其中寻找包袱，而不是现在的相声先想包袱，后找人物，那人物永远都会为包袱服务的。

就相声的本性而言，是以讽刺为特长的，但由于我们创作意识和观念的模糊，讽刺变得极其粗浅、直露了。苏文茂的相声几乎没有歌颂性的，他却能在讽刺中折射一个时代的精神。他的讽刺不是卑琐的低下的庸俗的，而是理直气壮趾高气扬的那种，纯粹是“拿着不是当理说”的典范。相声虽然是普通大众的艺术，但它不是媚俗的，或者说想说什么就即兴说什么，自己说痛快了算完，相声应有自己的位置，说位置就有自己的文化品位，让人看得起，而这点苏文茂做到了，他就是把自己放在一个高水平的平台上，不是谁拽他下来他就下来的。苏文茂的相声内含很大，提供的多元信息量也很充足。一些新思维、新的生活方式、新的社会导向都包含在他的相声里面。比如他的《抚瑶琴》、《扔靴子》，表面就是用了一个小故事，看起来一个传统的载体在房子外面，但房子里面的内装修都是很现代的。大家在听他的相声时发现，笑声后，他里面传递的各种信息和传递的信息量相当强，而且手法相当的现代化，相声的故事里充满了一种哲学思辨和人生况味。

在艺术的百花园里，相声是不大不小的一朵花，但这朵花自有它不同于牡丹的地方；你也可以把它说成是一盘凉菜，很爽口，很快就吃完了，不过也不可能再上了。

苏文茂说的就是这种相声。

永远都想听的王毓宝

曲艺就是一个必须要有挂帅人物才能产生影响的曲种，比如京韵大鼓中的刘宝全，那时他就是挂帅人物，后来白云鹏等人不管怎么努力，甚至想改变京韵大鼓的某种唱法，但最后还是刘宝全成全了京韵大鼓。后来的骆玉笙超越了刘宝全，把京韵大鼓推向一个顶峰，这里的创作、伴奏、旋律都产生了变革，更主要的是骆玉笙得天独厚的嗓音，使得后人无法效仿。

北京琴书的关学增更是典型代表，很多人知道北京琴书是从关学增开始的。我从小就听关学增的北京琴书长大，那时我家吃饭大都是喝山芋粥，一边喝粥一边听他的北京琴书。后来，我一吃山芋粥就想起关学增。我有次说给关学增听，他哈哈大笑。关学增去世了，现在北京琴书成了抢救曲种，因为没人能再攀越他这个高山了。

说起天津时调就知道有个王毓宝，王毓宝与关学增逼真相似，一个因她而创立了一个曲种的演员、一个因她而提升了一个曲种地位的演员、一个因她而使一个曲种发扬光大的艺术家。天津时调是解放后命名的，命名时代表人物就是王毓宝，她的名字和这个曲种紧紧地联在一起。她的唱段脍炙人口，几乎风靡了半个中国，历经数十年而久唱不衰。她演唱的曲种因她而获得了第一批国家非物质文化遗产，她本人也获得一个大直辖市仅有三人入选而在其中的优秀传承人。她是天津继骆玉笙、马三立之后第三个金唱片奖获得者，又是第一个中国曲艺最高奖牡丹奖终身成就奖获得者。

有人评价,能和骆玉笙嗓音媲美的是王毓宝。她是地道的天津人,自幼随父王振清学唱京韵大鼓靠山调等。她从7岁即随父走票,一登台就震动了舞台。她嗓音宽和亮,这个本事不少演员都具备,关键是她在宽和亮的基础上能圆润和甜美,高音不抖,低音不哑。听了她唱了这么多年,很少见过王毓宝嗓子倒的,或者高音上不去,低音下不来。她这么大岁数,上台唱起来还是那么高亢挺拔,冲劲十足。说起来里边蕴涵着的有三点,第一个王毓宝的基功十分扎实,导致她的吐字清晰。第二是她台风清新,演唱不俗不媚,丝毫没有旧社会中的娇娆气,张嘴就是一口浓厚的天津地方大调。第三是艺术天赋,所有大师级的曲艺家都不能离开这个。她能把一个平庸的乐曲点拨,然后融合进自己的优势,糅合一起就有了天津时调的独特韵味。

天津时调的前身靠山调和鸳鸯调已经深得观众喜爱,代表曲目众多,如《七月七》、《喜荣归》、《青楼悲秋》、《大五更》等,那时代表人物是高五姑和秦翠红,她们是当时最负盛名的唱手。高五姑的唱腔丰满,吐字响亮,韵味盎然;秦翠红则以杰出的天赋与高超的润腔技巧,将靠山调演唱推上了一个高峰。王毓宝崭露头角后,使这些传统段子焕发了新意。在旋律与节奏上,她以起伏有致取代了平直、单调,以她的气力充沛,吐字脆爆征服观众。当时她演唱的《踢毽》、《放风筝》《摔西瓜》等就显示出浓重的天津味道,尤其是经过著名曲艺家王焚改编的《摔西瓜》,明快欢愉,清脆俏丽,她那副抒情女高音般的美妙歌喉给人留下深刻印象。

王毓宝把天津时调带进一个时代,有着一批曲艺创作高手合作烘托,众人拾柴火焰高,把天津时调这一地方小曲种推向全国成为脍炙人口的大曲种。比如当时她的弦师祁凤鸣,还有王文川以及熟悉鼓曲音律的姚惜云老先生。我有幸接触过姚惜云先生,他对曲艺的贡献是对文本的润色。当然，还有后来的王焚、王济、王允平、毛家华等一批作家，王允平专为王毓宝创作的《春来了》曾风靡一时，使唱词更为诗歌化，平添了很多审美的情趣。王毓宝能把充满文学性的作品演绎成天津时调是需要勇气的，往往是受累不讨好，观众听不出子丑寅卯。可王毓宝就做到了，一登台就获得好评，觉得新鲜。后来，我听到有民歌手唱这首《春来了》效果也不错，后来这位歌手对我说，这不是曲艺，这就是民歌。王毓宝与这些曲艺精英们一起研究在传统靠山调的曲调基础上，调整了一些唱腔和节奏，以加快间奏速度，摆脱传统衬腔那种缓慢、懒散、伤感的情调，使天津时调接近民歌，更加上口，能流传展开。在伴奏上也增加了扬琴、琵琶、笙、低音胡，这样再加上原有的三弦、四胡共七件乐器，把天津时调的唱腔衬托得更为饱满，更有民歌性、歌唱性以及合理性。她大胆地吸取歌曲、戏曲及其他鼓曲的唱腔，化入在唱腔里，旋律更加华美、繁复、完善，尤其是疙瘩腔的活用活使，更是变化多样、千姿百态。

令我担心的是在天津时调的音乐改革上现在不能停步，这需要一批献身于曲艺音乐事业的有志者。擅长天津时调音乐设计的祁凤鸣、马涤尘和毛家华已经先后故去，他们为王毓宝的唱腔立了汗马功劳。眼下能操琴为天津时调音乐改革竖大旗的还为数不多，需要有人站出来接班。如今已是高龄的王毓宝很少登台了，她的弟子还在不懈努力。我们有理由说，王毓宝已是国宝级艺术家，是我们天津非物质文化遗产不可多得的宝贵财富。她不仅属于我们天津，而且也属于我们的民族。

想起梁左

在现代相声发展史上，一般都是相声演员自己编自己演，像张寿臣、马三立不说，后来的马季也是不用别人写，自己编完自己演。可这样对相声创作就限制了，相声演员毕竟不是作家，摇笔杆子不是他们的强项。说起来作家介入相声的很多，比如天津的何迟，他是剧作家，他给马三立写了很多相声，比如像脍炙人口的《买猴》。他的相声创作立意深邃，触入角新颖，社会性极强。一般相声演员受自身文化阅历的约束，是难搞创作的。天津另一个作家刘梓钰也热爱写相声，不少相声演员都喜欢找他要作品。他患胰腺癌去世多年，他的墓地与何迟相邻。我哪次送鲜花时都要预备多束，让这两位作家的墓碑都有点姹紫嫣红，因为他们生前都喜欢热烈的颜色。

我最喜欢的就是梁左，他去世至今已经整整十年了。梁左是另外一个典型，他也是一个剧作家，像全国首部情景喜剧《我爱我家》就是他的一个经典剧目，现在很难再有新的剧目超越他了。梁左对传统相声可以说相当熟悉，掌握起来游刃有余。他最大的功绩就是对相声创作开创了一个先河，就是把文学和相声嫁接，用传统的相声手法表现后现代文学的主题，跟传统相声不一样，他的作品也有垫话，也有入活，也有三番四抖，表面上看传统相声的手段没发生变化，但他的表现元素发生了一种颠覆的变化，如姜昆、唐杰忠表演的《虎口遐想》，把人物的背景放在一个动物园里，主人公随时都有可能被老虎吃掉。这个场面就是法国喜剧片的感觉,人物表面紧张恐惧,但观众却在这种特殊的气氛里领略梁左所要说的主题,那就是小人物的善良心态和勇敢精神。

梁左是北大学中文的,他对相声语言驾轻就熟,基本都是子母哏,一头沉的东西很少。他为什么选择子母哏,就是要增加语言的节奏感,以及背后的强大社会信息量。他那时候都是能把最新的新闻融入到相声作品里,把一种超前的、前卫性的东西搁进来,但又丝毫没有陌生感。他还很自然地把文学性东西介入到相声里边,设定一个特定环节,比如像电梯,让电梯上不来下不去,然后把在电梯中所发生的故事栩栩如生地讲出来。还有像人掉到老虎洞里头,这个特定环境、特定情节、特定人物就显得新鲜和刺激,其实这是一个小说和一个剧本的基本结构方法,他给统统移植到相声里。他还有一个更绝的相声叫《特大新闻》,从来没有人这么写过,他把人物和故事都放在令人瞩目的天安门广场。张口就说天安门广场要成为菜市场了,弄得所有观众都得竖起耳朵听这是怎么档子事,因为相声的创作者们、演员们不可能想像能把天安门广场这么大的时空变作为一个市场,这就需要他的想像力和对时代的把握性相当敏锐和准确。梁左开创的每一个窗口都是过去相声中没有打开过的。因为我们过去相声都是反映底层老百姓,反映高端或者反映到更大的社会背景,我们看到的很少,所以我特别呼吁更多的作家、文学家能够喜欢上相声,能够参与到相声创作,然后使相声更有文学性和社会性。

梁左走了十多年了,在这里我十分想念他。

想起大师兄陈骧龙

陈骧龙驾鹤西去以后，我就一直想写他。

后来迟迟没有落笔是因为我对他的书法和绘画不熟悉，他周边有这么多好朋友，我怕写不好他。但每次我走进群众艺术馆，看见在走廊里他写的那两幅字，我就觉得欠他的。

我和骧龙是新华业大的同窗，他比我整整大一旬，见他的时候就穿着一件中式衣服，在三十多年前就显得与众不同。班里有七个同学走动比较多，大家志趣相投，后来，骧龙就主动攒局一起吃饭，说，咱们就拜个兄弟吧，我算大师兄，治邦最小就算七弟吧。那时大家复习古典文学，都请骧龙做辅导。我发现他知道东西特别的多，好像都是随手拈来，化解成自己的东西说给我们听。后来，教我们的老师也被他感染，悄悄对我们说，陈骧龙才是你们的老师，他太有学问了。那时，我们都爱找他求字，后来成为相声名家的佟有为就是有心人，求得最多最好。我一直没有张口，后来佟有为对我说，你傻蛋，再过几年，骧龙大师兄的字就是值钱货了，即便这样我也没张口，我是个不好求人的人。骧龙对我笑着说，你不求，我就不给你小子写。后来，我做了群众艺术馆的馆长憋不住了，跑去跟他舍脸说，你给我馆里写两幅字吧，就算我求你了。那天他去了群众艺术馆，对大家说，不是我不给你们写，是你们馆长端着架子不让我写。

记得我在上个世纪 80 年代遇到了工作上的重大挫折，我精神几乎崩溃了。骧龙就总把我找去，总是跟我讲笑话，有时候就把七个师兄弟叫一起吃饭。那时下饭馆比较少，骧龙总是主动做东，一边津津有味地吃饭，一边给我们讲这的菜肴怎么好，都谁谁吃过。我知道他在宽慰我，可就是不明说。但是他反复给我讲一个道理，就是不要把自己太当回事。他谈起当初随书法名家吴玉如老师读书，一位师兄请吴玉如批改习字，老师一边看字，这位师兄一边说，老师是大书法家，行草超过王羲之，三百年来无此大手笔，等等。老师不置一词。而后他请老师给写张字，吴老墨笔一挥，写了一句话"会写几个字算得什么"，送他。

骧龙确实做到了没有把自己当回事，我不太懂得他的书法怎么回事，但我知道他对人对事情的豁达。他经历了这么多的艰难，但很少对我说。有次，我对他说，博物馆里有你父亲捐赠的八大山人的一幅画，据说成了镇馆之宝没有价格了。他对说，我不太爱听这个，我对钱就是这么回事，为什么我爱用金子写字，那就是我的一个态度。骧龙这么说的，他也这么做的。他捐给黄帝陵前的《五帝本纪》、捐给曲阜孔庙的《论语》，写的全是金字。他患癌症以后，我们几个同学多次到他家探望，看到的他总是谈笑风生。他能从容地说起自己的癌症，说自己怎么怎么疼。但说的时候都是笑着说，没有丝毫的痛苦。后来，我去了一次，看到他的右手已经不能提起来写字。一个书法家不能写字会是多么难受。但他对我说，右手不能写了，左手写，左手不能写了就用脚写，脚也写不了就不写，看别人怎么写。当别人写也看不了，我就走了。骧龙大师兄与癌症奋斗了整整三年。他生前曾经对我幽默地说，本来我早就应该死了，只是大家都这么信任我，我总得再多活几年对得起大家才是！他生前为自己挑了一张照片，后来我到他家吊唁时看见成了遗像，眼泪顿时模糊，因为那张照片他是微笑着，甚至有那么一点点坏。

骧龙是一个对艺术极为认真的人，我听人说他对他的作品，有的一写就是几个月，甚至于几年。他用泥金楷书誊写过一部《金刚经》，这部《金刚经》五千余字，他用寸方字书于一张张条屏上，关键是每一条屏上他用泥金绘礼佛图，每幅图内容不一样。他自己一人在家裱纸、勾稿、研朱砂、打红格，然后坐定了敛神了，一幅幅勾画他幻想的、仙境一般的《礼佛图》，完成这部作品后，有人计算时间整十年。

我参加了他的书法和绘画展览两次，每次他都准备了很久才做。想如今，这世上浮躁者多，书画创作多得快得像复印，而且恨不得今天出手，明日即变现，然后就去买房子买地。

再也听不见骧龙的教诲了，再也不能跟他一起同行，在香山聆听山风松涛了，再也听不见骧龙在酒席宴上给我们指点佳肴了。我好是想念骧龙大师兄啊！

“灯下”给我们了什么？

——我的中国大戏院的老朋友万里

与万里是老朋友了，他跟我同岁，别看他在中国大戏院当经理，却是一名地地道道的群众文化作家。这么多年，我断断续续读过他的不少作品，有诗歌，有随笔，也有大量的关于戏曲评论。

读完了他的《灯下拾笺》，洋洋洒洒四十几篇感触很深。真没想到他有这么多的积累，他的人物篇，既写了京剧大师荀慧生，话剧皇帝于是之，程派名旦张火丁，黄钟大吕邓沫玮，也写了戏篓子孙元喜，更有老戏迷杜爷，洋溢出他的美学追求，浪漫而富于激情。他跟我有一个共同的生活感受，在雨中慢思，与书共舞。热爱的季节是秋天，于是写出了十分优美的秋韵，写出了秋天的收获和收割。在艺文篇里看到他的群众文化情结，他的观点很新鲜，他认为优秀的群众文化活动是最好的非物质文化遗产，群众喜欢的相声一定要在小剧场里接地气，要说老百姓，要有传统相声的基本功。阅读他的文章是一种享受，尤其是他驾驭语言的工夫，让你佩服。

万里长期经营中国大戏院，并且把这个百年的著名老剧场当作专业演员展示的空间，更作为群众文化活动表演的大舞台。他不是个专业作家，有很多的事情在忙，由于职业的需要总是到很晚。但他总能寻找到时间在灯下漫笔，在灯下抒怀。放下他的文章先不谈，感觉他把创作当成了提高自己和修炼自己的技能。我跟他之间可以说是互相看着岁数在变大，还没怎么就忽悠一下变老了。可在万里身上，你总是觉得他是那么年轻，说到他的文章总是显得那么朝气蓬勃，富有现代感。《灯下拾笺》从他第一篇文章看起，一直到最后，可以说记录着他大半生的经历。他的文章风格这么多年随着生活积累从来没有因此而锐减。他的创作不是躲在家里杜撰，或者无病呻吟。他很懂得深入生活，观察社会，了解现状。尽管他由年轻到了中年，但所构思的故事，所创作的氛围，所设计的语言，还是那么富有朝气和感情，锋芒毕露，没有转为沧桑迂回，比如他写的《汉语的悲怆》、《谁是老百姓》。他对自己所工作的中国大戏院的挚爱，读《心中的致敬》就能感受他的挚爱和崇高。

写作实际上是自我精神状态的具体象征，你朝气了，看什么也有生气。你低迷无聊了，看什么都会萎靡。这也是人生毅力的考验，你经受不住岁数的衰老，也就没能量改变自己的奋斗程序。阅读万里的文章，喜怒哀乐都能感觉。他凭借激情在写作，其素材总是源源不断地从身边和生活中来。我曾经问过万里，你在创作中的状态究竟是什么样的？他回答，觉得自己再编撰什么也远远不如真实生活里那样生动和鲜活。这句话对我触动很大，万里把写作当成修炼人品的舞台，当成他生活中的重要补充。你跟他在一起，总觉得他在微笑，会感到一种精神的支撑。很多次，群众艺术馆与中国大戏院联合举办活动。我走进剧场的前厅，看到他居然在服务台那张罗，看不出他是这的经理。说来，他也有无奈，也有妥协，但在关键时刻他还是把男人主流那面表现出来。

阅读万里的作品，觉得总想弘扬一种男人的精神，同时也有男人的一种情怀，一种强烈的政治责任感，而这种精神在社会某些方面在萎缩。

他在大戏院举办了这么多丰富多彩的文化活动，很多戏迷提起万里好像都是十分熟悉的老朋友。

郭文杰:杂家和作家的通体

与天津民俗专家郭文杰是老朋友了,他比我小几岁,权当喊他一声兄弟。这么多年,我断断续续读过他的不少作品,有小说,有散文随笔,有摄影,但接触最多的当然是介绍天津民俗的各种文章,按说他本身做的是传媒,或者说是个生意人,可总觉得他做的是民俗专业者的职业。他的小说也与其他人不同,那就是几乎都是笼罩在天津地域特色氛围中,总是在塑造活脱脱地道道的天津人,描述的天津九河下梢的天津民情,而且他笔下的高官很少,大都是可亲可爱的老百姓。他热心于天津的民俗生活研究,感觉他把创作当成生活体验,注入了很多的生活情感。

我跟郭文杰之间可以说是互相看着岁数在变大,还没怎么就忽悠一下变老了。可在郭文杰身上,你总是觉得他是那么乐观,说到他的作品也总是那么富有进取力。从他第一篇词作品发表到现在已经三十多年了,他作品的风格从来没有因此而锐减。他的创作不是躲在家里杜撰,或者热衷与什么男女卿卿我我的情节。他很懂得深入生活,观察社会,了解现状,尽管他已经由年轻人转移到中年人,但所构思的故事,所创作的氛围,所设计的语言,还是那么有创造力,锋芒毕露,没有转为沧桑迂回。

写作实际上是自我精神状态的具体象征,你朝气了看什么也有生气,你低迷了看什么都萎靡。这也是人生毅力的考验,你经受不住岁数的衰老，也就没能量改变自己的奋斗程序。郭文杰的作品，很多的感觉是他在真实地写作，其素材总是源源不断地从身边和生活中来。我曾经问过他，你在创作中的状态究竟是什么样的？他回答，觉得自己再编撰什么么也远远不如真实生活里那样生动和鲜活，而且天津这座生他养他的城市给了他巨大关怀。郭文杰把写作当成修炼自己的舞台，当成他生活中的重要补充。你跟他在一起，会感到他有一种精神在弘扬，感觉他积累的生活是那么富有情趣。

郭文杰经商多年，但你却很少看见他把生意场上的味道流露出来或者体现在字里行间。他很善于拓展自己的生活面，他喜欢曲艺，研究相声，涉猎佛学，当然这跟他喜欢天津的历史有关系。他曾经把自己生活过的地方陈家沟绘成了老地图，上边标明了各种铺面，密密麻麻。他拍摄了大量天津地貌的摄影作品，足以说明他对天津的热爱和投入。其实如果男人没有这种精神就会失去生活的原则，失去生活的乐趣。想来，郭文杰在创作中给自己带来一种人文精神，也带来一种他的生活达观。他的创作生涯，几乎都在对生活和社会的关注，融合老百姓的普通生活，这反映了他的创作视角，体现了他的人生价值。

人是有激情的，也是有感情的，也应该有一种对生活的向往。

而郭文杰恰恰做到了这点。

写给张建云

与张建云是老朋友了，他比我小很多，他喊我老师，可我一直把他当做学友。这几年我断断续续读过他的不少作品，发现他的作品都跟大师有关，或者跟名著牵扯。比如他对《弟子规》的解读，再比如他对孔子的心得。阅读他的文章是一种享受，因为他把这些大师的东西化解为自己的朴素语言，把《弟子规》这样的教诲演绎成自己对做人原则的反思。我喜欢他驾驭语言的工夫，让你阅读后有一种触动。在天津，他算不上是个专业作家，因为他有很多的事情在忙，忙出版，忙网络，忙学习，但感觉他把创作当成生活中唯一的支撑。我跟张建云之间可以说每次见面都是谈他的作品，谈他对遥远历史人物的崇敬。在张建云身上，你总是觉得他那么年轻，他的思想也总是那么朝气蓬勃，富有现代感和创作力。从他第一部《解读弟子规》到现在，他的写作风格从来没有锐减过。他很懂得观察社会，了解历史，阅读经典。所以，他所构思的作品，所创作的氛围，所设计的语言，是那么讲究哲理，锋芒毕露，没有因为世故转为沧桑迂回。

张建云写过两部孔子的书，前一部是《写给孔子的信》，后一部是《论语的力量》，足可以看出他对孔子的崇敬。严格讲张建云是个商人，但他文人的感觉很鲜明。他出生在武清，自幼就受到儒家文化熏染，对中国传统文化有比较深的研究。我和他的谈话经常在办公室里，我们面对面坐着，他总是微笑地和我对话，都不讲他的商业策划，总是关注他的历史观、价值观、文学观。相比我的忙忙碌碌,他那种纯洁自如的心境使我自愧不如。跟张建云聊天,国学就是他的话语权。他对我说,国学应该是中国的文化之根、民族之魂,仁义礼智信应该是中华民族的传统美德。我问张建云,国学传承什么?张建云毫不犹豫地指出,是厚重的中华文化价值。所以,张建云这部《论语的力量》就是围绕着他的观点阐述的。我笑着问他,你怎么对《论语》这么热衷,毕竟不如现代的书籍好看。他说,孔子的学问并不难,我就是想把孔子的学问化成自己的话语,让读者知道读孔子的书会得到力量的,这个力量就是对社会对处事有了判断力和决断力。判断力还行,做到决断力这条就很难很难了。

张建云没有把阅读《论语》当成一般意义上的享受,而是当作了一种做人的力量,以及处事的方向盘。

张建云选择了孔子,选择了《论语》当成自己的定标。按照张建云的话解释,开始了以感受中国传统文化为主题的国学之旅。

储存情感

——梦里突然看见了高光地

1978 年 5 月 18 日，我和高光地先生一起到市群众艺术馆报到，于是，在一个编辑部成为同事。

高光地原先就在群众艺术馆，“文革”期间发配到了汉沽，他是落实政策重新回来的。那次我见到他像一个大哥，亲切而幽默。随后，我们几乎一直在一起，情同手足。他学识广博，而且诲人不倦。我总能在他那得到需要的东西，于是我就一直在掏他的宝藏，可他的宝藏永远也掏不完，越积攒越丰富。他有几次本应该能离开群众艺术馆，而且都是高升或者待遇比这好，但他都拒绝了，或者说犹豫的结果是留下。他对群众文化充满了热爱，从来没有抱怨过。他总是有激情，你和他说话总是看他微笑，即便是他最困难或者最不高兴的时候依然能面带这种表情。退休后，他患了肺癌，一经发现就到了晚期。我去看他的时候，他能坦然地给我讲病情，他比任何人都了解自己的病情到了哪一步，但从来都是微笑着告诉你。听他爱人讲，他经常会疼痛，疼得大汗淋淋，但没有抵挡住他的乐观。我曾经几次去看望他，他都是问群众艺术馆怎么样了，谁谁怎么样了，你这个馆长能不能担当起来，等等。他很少说自己，我觉得他不是装的，是从内心做到了淡定自己的生命安危。

2008 年 2 月 25 日下午 6 点，高光地终于抵挡不住病魔，我是晚上在家接到他爱人的电话，告诉我这个消息后已经泣不成声。我很懊丧，因为原定24日去北京看望他，隐约中总觉得高光地会突然离开我们，想最后跟他见一面。因为有个急事不能去了，就打电话给他爱人，说晚两天一定去。但就在这个晚字中，高光地等不及我们先走了。我接到他爱人电话后很久没有入睡，想的都是他的笑容，都是他和我在一起的一幕幕。我突然意识到，我周围很多老同志都这么默默地走了，我的好大姐吴绵绵，一个天津京剧界优秀的梅派演员，曾经在菊坛叱咤风云。其实，我知道吴绵绵特别希望我去看她，因为每次去我都逗她笑，她是喉癌，说不出来就握着我的手，给我写字。我至今保留着她写的几个字，我走了以后，你要想起我。舞蹈理论家冯德也是肺癌，走的时候还在写文章，对我遗憾地说，写不完了。我还想起比我小一岁的王恩立，一个致力于研究流行歌曲的老师，走前拉着我的手说，能不能让我出去透透风，我憋得慌。他看窗外景色的目光是留恋这个世界。

前不久，我在梦里忽然看见了高光地，对我没有说话，只是投来期待的目光。醒来，发现有一滴泪水凝固在我的眼眶里。高光地有一个弱智的儿子叫大号，这是高光地一直不放心的，他生前曾经多次跟我说，我走了不怕，大号怎么办，他妈妈身体又不好。我知道我的泪水是高光地给我流的，因为自从他走后我就没有再联系他的家人，也不知道大号怎么样。我着急地给他爱人打电话，没想到是空号。给天津的家打电话，接电话的是外人，说不知道你说的这个人。我慌了，忙派人去北京查找，结果回来告诉我，高光地爱人一家搬走了，去哪已经不知道了。多少次寻找都没有下落，我自责，内疚极了。一个偶然得知，他爱人一家搬回了天津，并知道了电话号码。我打过去，他爱人问我，你是谁？我眼角一热，我说，我是李治邦，大号怎么样了？对方迟疑一会说，你还能打电话给我，我真没想到……大号不错。这时候，大号在那边喊着，是不是李叔叔，我知道你，你是不是把我忘了！

感情是需要储存的，为别人也为你自己。

我快乐的大哥

记得小时候，大哥结婚，马三立和赵佩茹到我家，给我大哥送贺礼。那个贺礼至今我还记得，就是一幅漫画，画上一张笑脸。时过多少年，我跟马三立说起这件事，马老对我认真地说，你大哥是一个快乐的人，他不但自己快乐，还能让朋友快乐。又有一次，河西区举办全国马三立相声大赛，我在后台和马老相遇，重提我大哥的快乐，他补充了一句话，做到快乐不容易。确实，人的一生不可能总遇不到快乐的时候，但总能快乐就困难了。看过一个心理测试，说每个人的生活情绪，三分快乐，四分平庸，三分忧郁。这个测试怎么来的无从考证，但确实印证了马老的那句话，做到快乐不容易。

说起来我大哥，还真像马老说的那样是一个快乐的人，我很少看见他愁眉苦脸。其实，他从天津人民艺术剧院的演员，去了天津戏曲学校做了老师，后来又到天津京剧院做了演出推销。他总是乐呵呵的，跟大家谈笑风生，总是讲很多的笑话。我本来当不了文艺兵，因为我的京胡水平实在不怎么样。可我大哥就是跟征兵的人说说笑笑，以至于到后来征兵的人见不到我大哥就问，那个讲笑话的人怎么没来呀。后来，征兵的就要走了，我大哥找到他们严肃地说，求你们了，你们一定要把我小弟弟带走，要不然我就给你们跪下。忽然的严肃让征兵的人承受不住，最后无奈地把我带到部队。多少年过去了，我和征兵的那个人聊天，他说，总看到你大哥笑呵呵的，忽然看他满脸心事真是受不了，好像不把你带走我们就犯大错了。

大哥在上海联系演出时突然去世，我去上海处理他的丧事。在殡仪馆看到大哥，居然他的表情依然是笑眯眯的。二十多年过去了，我遇到认识我大哥的人都说他是快乐的人，似乎他的故事也都围绕着快乐展开。京剧指挥家李凤阁跟我说，你哥哥当时是我的老师，有次带着我们一帮学生去劝业场，忽然他指着天空神秘地说着什么。当我们都朝天空看的时候，你大哥自己溜走了，在旁边叉着腰哈哈笑。我从我大哥身上看到，快乐是一个人天生的性格，但也需要人去修炼而成。快乐是人必须具备的，即便没有快乐的因素找到你，你也要自己去寻找，或者去培养。因为快乐的种子在哪都能发芽，都能生长，关键你是不是去种植和呵护。汶川的大地震，这么悲痛的场面却能让四川人去化解，这也得益于四川人的快乐。我听到一个朋友讲，我宁可让别人觉得我快乐得没心没肺，也不愿意让自己看起来委屈可怜。

其实，快乐不是装出来的，也不是给别人看的。记得我母亲住院，我大哥去守护，我哪次去接替他，都看到他和母亲病友聊天说笑话。我听到病友问母亲，你儿子太有意思了，其实我们病得很难受，也很郁闷，看见你儿子来了就高兴。母亲为我大哥能给病友带来快乐而自豪，她对我说，你怎么就不像你大哥那样让大家都高兴呢。我当时有些嫉妒，说我没那本事。母亲戳着我说，那不是本事，那是你大哥有心。他让我的病友高兴，不就是等于给我带来方便吗？

大哥在天津文艺界这么多年，好像跟谁都是朋友。我经常想，现在某些人与人之间会在实际利益上变得有些冷漠。拆迁了，亲兄弟会因为拆迁费争得面红耳赤，甚至闹到最后对簿公堂。估计那时候没有快乐，只有争执和怨恨。想起我大哥到北京看我，那时我在北京当兵。大哥给我买喜欢吃的鱼，我吃得津津有味，大哥却没有动筷子。我问他，为什么不吃鱼呢？他说，我喜欢看你的吃相。他不在乎自己，甚至对自己很吝啬，但他对别人却充满了感情，我在想，感情就是快乐的基础。因为有的快乐是为了别人，记得我闺女生下来，抱她最多的就是我大哥。我大哥常常把我闺女抱在怀里，逗她笑，给她讲笑话。我闺女已经三十多岁了，每次问起我大哥，她还记得，说讲什么笑话都模糊了，就记得大伯满脸都是笑容，而且笑起来能看到他洁白的牙齿。

大哥，你做到快乐了，即使你离开我们这么多年，想起你都是快乐！

一到清明就想起娘

我娘生了八个儿子，我是最小的。可惜，解放前由于战争的颠沛流离，再加上我父亲在北平进行地下工作，把我娘扔在农村，吃不上喝不上，三个哥哥相继去世。其中有一个活到了十几岁，我娘特别喜欢他，他也长得聪明可爱。但一个不起眼的病就夺走了他的生命，我娘抱着他的尸体在村里疯走了三天三夜。

从我记事起，每到除夕就是全家团圆的日子。我娘看着五个儿子守在跟前，把碗里的肉都分给我们吃。除夕包饺子，我父亲在煮的时候嘴里一直数数，一个儿子碗里十五个，谁也不多谁也不少。那时我小，哥哥们就都偷我碗里的吃。都是我娘把她碗里的给我，我从来没注意这个细节，就觉得自己碗里是聚宝盆，什么时候吃什么时候有。我最盼望着过除夕，因为那天我娘给我新衣服，我会穿着新衣服在院子里跑，喊我的伙伴，我娘给我新衣服了。

后来，我们哥五个陆续成家，都搬离了我娘家。但每到除夕，哥五个都会带着自己媳妇领着自己孩子到我娘那聚会。最高峰时家里得近二十口，把三间房子挤得满满当当。我三哥的烹调技术好，哪次都是他在厨房里忙乎。那时的除夕没有电视春节晚会，一家子就是围着我娘说笑。我大哥说笑的本事最强，经常说得我娘笑出了眼泪。几个孙子孙女是最讨我娘喜欢，一会抱抱这个，一会亲亲那个。我娘在除夕的时候很会打扮，头发上都别着红花，有时还让孙女们抹上红嘴唇。平常时间，家里是我父亲做主。除夕那天，是我娘当家。我娘最大的本事是不怠慢任何人，所有去的儿子都感觉到娘跟他最亲，你就觉得娘的眼睛始终没有离开你。最绝的是对五个儿媳妇，我娘疼疼这个，甜甜那个，五个儿媳妇就觉得婆婆把自己的优秀都表扬出来了。当然，这也是儿媳妇们控诉丈夫的好机会，我娘就这么静静听着，听完了就骂我们王八蛋，不是东西。我们五个听着娘的数叨，看着媳妇们得意的表情，也都是乐呵呵地鞠躬谢罪。每次除夕包饺子，都是十几口人一起包，饺子馅是我父亲和。每次我父亲和完馅以后，都得送到我娘的口中尝尝。我娘说行了，这才能开始包。我娘每次包饺子只包一个，里边放上五分钱。当然谁吃到有五分钱的饺子就是最大的福分了。这么多年我没吃上一个，为这个我一直耿耿于怀。吃完了饺子，我娘就让五个儿子带些饺子馅和皮，说，你们明天回家自己包，初一饺子吃我的。记得那年除夕，五个儿子都不愿意离开娘，其实五个儿媳妇早就想走，但看着丈夫对娘依依不舍的感情，谁也不好意思张口。每次，都是大哥一家先走，我最后一个走。我走的时候，看着娘站起来送到门口，喉咙里就发酸。

1989 年冬天，我娘因为大哥的突然去世，忧虑过度撒手人寰离开我们。转年除夕，四个儿子带着儿媳妇再回家，看着父亲一个人在那等着我们，没了别着红花的老娘，谁的心里都空落落的。父亲也是那么忙，也是给我们和饺子馅，端出来问谁尝尝是咸是淡，没有人伸出舌头，但大家的眼睛都是湿漉漉的。转年，三哥忽然去世，再到除夕就没人到厨房里忙乎炒菜了。几年之后，父亲也去世了。后来，二哥一家去了加拿大。这两年到了除夕，我们也包饺子，都是从超市里买的馅，也没必要问咸淡了。饺子吃不了几个，我就觉得已经饱了。也是奇怪，一到了清明，我就想起娘。又逢清明快到了，昨晚我从卧室里出来，路过客厅时都好像看到我娘坐在沙发上等我，几乎是央求着对我说，老五，清明了，你得早点来看我，多给我烧纸。